AF561866

Richard Yates wurde 1926 in Yonkers, New York, geboren und lebte bis zu seinem Tod 1992 in Alabama. Obwohl seine Werke zu Lebzeiten kaum Beachtung fanden, gehören sie heute zum Wichtigsten, was die amerikanische Literatur des 20. Jahrhunderts zu bieten hat. Das Debüt *Zeiten des Aufruhrs* wurde 2009 mit Leonardo DiCaprio und Kate Winslet in den Hauptrollen verfilmt.

Stimmen zu Richard Yates:

»Yates ist eine Art Gott der Eingeweihten. Viele der besten US-amerikanischen Schriftsteller haben von ihm gelernt.«
Eva Menasse

»Ein Meister der Sprache. Klar und messerscharf: Kein Wort ist zuviel und trotzdem ist alles gesagt.« *Bayerischer Rundfunk*

»Richard Yates seziert Lebenslügen – kühl, schnörkellos, herzergreifend.« *Welt am Sonntag*

»Richard Yates ist einer der großen Existentialisten und Fatalisten der Moderne.« *Die Zeit*

Außerdem von Richard Yates lieferbar:

Zeiten des Aufruhrs. Roman
Elf Arten der Einsamkeit. Short Storys
Easter Parade. Roman
Verliebte Lügner. Short Storys
Eine besondere Vorsehung. Roman
Ruhestörung. Roman
Eine gute Schule. Roman
Eine strahlende Zukunft. Roman
Eine letzte Liebschaft. Short Storys

Richard Yates

COLD SPRING HARBOR

Roman

Aus dem Englischen von Thomas Gunkel

Die englische Originalausgabe erschien 1986 unter dem Titel
Cold Spring Harbor bei Delacorte Press/Seymour Lawrence, USA.
Der Übersetzung lag die 2008 bei Vintage Random House, London, UK,
erschienene Taschenbuchausgabe zugrunde.

Verlagsgruppe Random House FSC® N001967

1. Auflage 2017

Umschlag: Cornelia Niere nach einem Entwurf von
Designbüro Lübbeke, Naumann, Thoben, Köln
Covermotiv: Plainpicture/ Ingrid Michel
Druck und Bindung: GGP Media GmbH, Pößneck
Printed in Germany
ISBN 978-3-328-10155-0
www.penguin-verlag.de

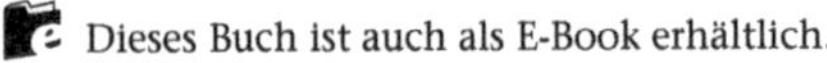

Für Kurt Vonnegut

KAPITEL 1

Alle Sorgen wegen Evan Shepards rüpelhaften, pubertären Verhaltens waren überstanden, als er 1935, mit siebzehn, für Automobile entflammte. Das unablässige Schikanieren schwächerer Jungen, die plumpen Beleidigungen gegenüber Mädchen, seine stümperhaften, peinlichen Bagatelldelikte – nichts davon spielte noch eine Rolle, außer als unangenehme Erinnerung. Er entdeckte seine Liebe für ausgedehnte, temporeiche Fahrten über Long Island und war schon bald mit der Mechanik jedes Wagens vertraut, den er in die Finger bekam. Wenn er in der staubigen Einfahrt seines Elternhauses einen Wagen akribisch auseinanderschraubte oder wieder zusammenbaute, war Evan manchmal tagelang für die Welt verloren.

Für Charles Shepard, seinen Vater, war es stets eine Freude, vom Fenster aus zuzuschauen, wie sein Sohn allein draußen in der Sonne arbeitete. Noch ein Jahr zuvor hätte niemand geahnt, dass dieser Junge je lernen würde, seine Gedanken zu ordnen und auf eine nützliche Tätigkeit zu richten; und war das nicht der Beginn des Erwachsenwerdens? War es nicht das, was einem Mann half, Willen und Entschlossenheit zu entwickeln?

Ja, natürlich, so war es; um die schmerzliche, dringende Notwendigkeit von Willen und Entschlossenheit im Leben – in jedermanns Leben – wusste Charles Shepard aus langer, hilfloser Erfahrung. Er war ein ehemaliger Armeeoffizier, ein Mann mit romantischen Denkgewohnheiten, die er stets zu unterdrücken versucht hatte, und oft sah es so aus, als hätte sich seine eigene Begeisterungsfähigkeit mit dem Waffenstillstand von 1918 in nichts aufgelöst.

Als leidenschaftlicher junger Second Lieutenant der Infanterie, frisch vermählt mit dem hübschesten Mädchen beim Offiziersball und fest davon überzeugt, dass sie für ihn beten würde, war er erst drei Tage nach Kriegsende in Frankreich eingetroffen – seine Enttäuschung so enorm, dass ihn etliche Offiziere voller Ungeduld hatten auffordern müssen, sich nicht so kindisch aufzuführen.

»Tu ich doch gar nicht«, hatte er beharrt, »tu ich doch nicht.« Doch er hatte immer gewusst, dass es vor der Wahrheit kein Entrinnen gab; er befürchtete sogar, dass sein Leben nun bis ans Ende von einem misslichen Gefühl des Scheiterns überschattet sein würde.

»Ich weiß, dass ich dich immer lieben werde«, schrieb er seiner Frau aus Le Havre, »aber abgesehen davon habe ich offenbar in so ziemlich alles andere das Vertrauen verloren. Ich bin zu der Überzeugung gelangt, dass fast nichts auf der Welt einen Sinn ergibt.«

Nach seiner Rückkehr in die Staaten, umgeben von jauchzenden, vor Freude johlenden Männern, die es kaum erwarten konnten, aus der Armee entlassen zu werden, fasste Charles einen jähen, unpopulären Entschluss. Er blieb beim Militär.

Dass die Gründe für diese Entscheidung alles andere als klar waren, bemerkte er daran, dass sie ihm jahrelang keine Ruhe ließen, als wären sie Antworten in einem diffusen kleinen dreiteiligen Katechismus: Das Militär war geradezu eine Berufung; es bot die Sicherheit, die ein Ehemann und Vater stets brauchen würde; und irgendwann brach vielleicht ein weiterer Krieg aus.

Er wurde eine Ewigkeit nicht befördert und befürchtete schon, der älteste First Lieutenant aller Zeiten zu werden, zudem bestanden fast all seine Aufgaben aus sterbenslangweiliger Büroarbeit.

Fort Devens, Fort Dix, Fort Benning, Fort Meade – jeder Stützpunkt bemühte sich tapfer, sich von den anderen zu unterscheiden, doch sie waren alle gleich. Es war schlichtweg die Hölle, aufgebaut auf Gehorsam. Nicht einmal in der streng gehüteten Privatsphäre der Unterkünfte verheirateter Offiziere, nicht einmal nachts vergaß man, wo man sich befand und warum man dort war, das galt selbst für die Ehefrauen. Wenn man bedachte, dass sich wahrscheinlich ihr ganzes restliches Leben an den Vorschriften eines Militärstützpunkts in Friedenszeiten orientieren würde, konnte man nicht ernsthaft behaupten, man sei überrascht – erschrocken durchaus, aber nicht überrascht –, dass eine Ehefrau, die so aufgeweckt und temperamentvoll war wie Grace Shepard, einen Nervenzusammenbruch erlitt.

Seit ihrem ersten Klinikaufenthalt wusste Charles, dass er sich um seine baldige Entlassung aus der Armee bemühen musste, und dafür sprach inzwischen noch ein weiteres Problem: Seine Sehschärfe hatte rapide nachgelassen und verschlechterte sich immer mehr. Ironischerweise erhielt er im selben Jahr eine interessante Aufgabe. Bei seiner überfälligen Beförderung zum Captain wurde ihm das Kommando über eine Schützenkompanie übertragen.

Ach, er mochte diese zweihundert Männer – sogar die Sonderlinge und Nörgler. Schon nach wenigen Wochen war er stolz auf sie, stolz, sich ihren Respekt erworben zu haben. Tagtäglich genoss er die Augenblicke, die ihn in dem Glauben bestärkten, dass er für seine Leute sorgte, auf sie aufpasste, die ihn darauf vertrauen ließen, dass sie das auch wussten; und nie wurde er es leid, sie »der Captain« oder »der Kompaniechef« sagen zu hören.

Wenn er lange Märsche in voller Feldausrüstung mit ihnen unternahm, genoss er den Rhythmus, den Schweiß und die disziplinierte Anstrengung, obwohl er sich nicht immer sicher sein konnte, dass er die Strecke bewältigen würde. Und wenn er an anderen Tagen die aufgeklappten, ungeladenen Springfield-Gewehre inspizierte, während die Männer kerzengerade, völlig reglos und mit ausdruckslosen Gesichtern in Formation standen, dann wünschte er, die Kompanie in einen von ihm selbst herbeifantasierten Krieg führen zu können. Fast alle von ihnen würden sich im Feld auszeichnen, weil fast alle Kämpfe die normalen Anforderungen überstiegen; und sobald der Krieg vorbei wäre, würden ihre Toten rechtzeitig zum Trinken und Lachen und für die hübschen Mädchen wieder lebendig werden.

Wäre Grace wieder vollständig genesen, hätte er versuchen können, sich durch die ganzen Sehtests zu mogeln, um so lange wie möglich bei der Kompanie zu bleiben, doch das war ihm nicht vergönnt. Sie erlitt einen zweiten Zusammenbruch, und diesmal wusste er, dass er nicht länger zögern durfte. Noch bevor sie aus der Klinik kam, hatte er vereinbart, aus dem Offiziersdienst auszuscheiden.

Während sie alles regelten und ihre Sachen packten, spielte Charles tagelang mit dem Gedanken, irgendwo hinzuziehen, wo keiner von ihnen zuvor gewesen war – Kalifornien oder Kanada –, wo die Anforderungen, ein neues Leben aufzubauen, ihnen frischen Mut geben könnten. Andererseits hatten die Shepards immer auf Long Island gelebt, sie waren Grasebenen, Kartoffelfarmen und einen nach Salzwasser riechenden Wind gewohnt, und darum war es vernünftiger, dorthin zurückzukehren. Mithilfe seiner kleinen, aber ausreichenden Pension kaufte er an der Nordküste, am Ortsrand von Cold Spring Harbor, ein kleines, aber ausreichendes braunes Holzhaus.

Binnen kurzer Zeit kannte man ihn im Ort als würdevollen, höflichen Mann, der für seine Familie stets die Lebensmittel einkaufte und sich um die Wäsche kümmerte, weil seine Frau kränklich war. Haltlosen Gerüchten zufolge war er ein Kriegsheld oder hatte mit anderen Taten geglänzt; die Leute wären vermutlich überrascht gewesen zu hören, dass er als Captain in den Ruhestand gegangen war, denn sein Erscheinungsbild und sein Auftreten erinnerten eher an einen Colonel: Man konnte sich vorstellen, wie er einem Bataillon oder einem ganzen Regiment die Parade abnahm und mit ernster Miene beobachtete, wie die Männer vorbeimarschierten. Manchmal, wenn man sah, wie er sich auf der Straße mit Einkaufstüten oder Wäschesäcken abmühte, sein graues Haar vom Wind zerzaust und die dicke Brille halb von der Nase gerutscht, bekam diese Vorstellung etwas Komisches; doch niemand machte sich je über ihn lustig, nicht einmal in der Kneipe.

»Ich bin wieder da, Liebes«, rief er Grace eines Nachmittags zu, stellte eine große Tüte voll Lebensmittel auf dem Küchentisch ab und redete in derselben Lautstärke weiter, während er alles an seinen Platz räumte. »Ich glaube, Evan bastelt schon seit etwa zehn Stunden an diesem Motor herum. Keine Ahnung, woher er die Energie nimmt. Geschweige denn die Sorgfalt.«

Als er die Lebensmittel eingeräumt hatte, holte er Eiswürfel und machte zwei Gläser Bourbon mit Wasser, eins mit einem doppelten Schuss Whiskey. Dann ging er durchs Wohnzimmer auf die beschattete Glasveranda, wo Grace auf einer Liege ruhte, und drückte ihr den doppelten Bourbon vorsichtig in die wartende, ausgestreckte Hand.

»Ist es nicht bemerkenswert, wie sehr sich ein Junge verändern kann? In ein paar Monaten?«, fragte er, während er sich mit seinem eigenen Drink dicht neben sie, auf einen schlichten Stuhl setzte. Der Tag war anstrengend gewesen, doch jetzt konnte er sich eine halbe Stunde ausruhen, bis es Zeit war, das Abendessen zuzubereiten.

In bestimmten Augenblicken, wenn das Licht und der Alkohol sich zu ihrem Vorteil auswirkten, konnte Grace noch immer das hübscheste Mädchen beim Offiziersball sein. Charles hatte gelernt, mit der Geduld eines Liebhabers auf diese Augenblicke zu warten und sie, sobald sie kamen, auch zu genießen, doch sie waren immer seltener geworden. Meistens – beispielsweise an diesem Nachmittag – verspürte er keine Lust, Grace auch nur anzublicken, weil sie erbärmlich aussehen würde: schwerfällig, unzufrieden, still um den Verlust ihrer selbst trauernd.

Ein freundlicher älterer Militärarzt in Fort Meade hatte bei einem Gespräch über ihren Zustand einmal das Wort »Neurasthenie« verwendet – und nachdem Charles es im Wörterbuch nachgeschlagen hatte, war er zu dem Schluss gekommen, damit leben zu können. Doch später in New York hatte ein wesentlich jüngerer ziviler Arzt gesagt, der Begriff sei so altmodisch und unpräzise, dass er in der modernen Medizin keinen Nutzen mehr habe. Und dann hatte dieser jüngere Mann wie ein übertrieben selbstsicherer Verkäufer auf etwas gedrängt, das er als »psychotherapeutische Behandlung« bezeichnete.

»Tja, wenn wir uns über Worte streiten wollen, Doktor«, hatte Charles mit letzter Beherrschung gesagt, »dann muss ich Ihnen sagen, dass ich in Worte, die mit ›psych‹ beginnen, nicht das geringste Vertrauen habe. Ich glaube nicht, dass ihr Leute wisst, was ihr auf diesem seltsamen, unberechenbaren Fachgebiet tut, und ich bezweifle, dass sich das jemals ändern wird.«

Er hatte weder seine Äußerung noch dass er kurz darauf aufgestanden war und die Praxis verlassen hatte je bedauert, obwohl es dem Arzt die Gelegenheit gab, dazusitzen und so pikiert und eitel, so verächtlich und triumphierend auszusehen wie ein Porträtfoto von Sigmund Freud persönlich. Manches, was man tat, war bereuenswert; anderes nicht.

Noch vor Kurzem, als ihre Probleme mit Evan einen Höhepunkt erreicht hatten, war der heimtückische Strom psychiatrischen Kauderwelschs hier in seinem eigenen Haus neuerlich geflossen, ohne dass Charles es hätte verhindern können. Verschiedene Leute hatten ihn gedrängt, für Evan »professionelle Hilfe in Anspruch zu nehmen« oder »eine professionelle Behandlung zu prüfen«; das Witzige war, dass er sich erinnern konnte, versucht gewesen zu sein, diesem Geschwätz beizupflichten, und sei es nur, weil das übrige Geschwätz noch viel beunruhigender war – es war von Bewährung und Jugendgericht, sogar von einer Besserungsanstalt die Rede gewesen. In jener Zeit hatte er oft das Gefühl gehabt, es pausenlos mit der wütenden Stimme eines Fremden, der sich am Telefon über Evan beklagte, oder mit Polizisten an der Haustür zu tun zu haben.

Ja, es war wirklich bemerkenswert, wie sich ein Junge verändern konnte. Und vielleicht pendelte sich so etwas tatsächlich von selbst ein, wenn man der Sache Zeit ließ; vielleicht musste man es aushalten und konnte bloß abwarten, was als Nächstes passierte.

Wenn man sich auf der Glasveranda leicht im Stuhl vorbeugte und durch den unbeschatteten Teil eines

Fensters blickte, konnte man trotz Sehschwäche die Konturen Evan Shepards sehen, der gerade in der Einfahrt sein Tagwerk beendete – das Werkzeug wegräumte, sich müde aufrichtete und die Hände an einem sauberen Lappen abwischte.

»Und weißt du, was noch überraschend ist, Liebes?«, sagte Charles. »Bei Evan? Er sieht viel besser aus. Im Gesicht, meine ich. Das war wirklich nicht zu erwarten, aber aus ihm ist ein sehr … ein ausgesprochen gut aussehender junger Mann geworden.«

»Oh, ich weiß«, sagte Grace Shepard, die zum ersten Mal an diesem Tag einen Ton von sich gab und auch zum ersten Mal lächelte. »O ja, ich weiß. Kann man wohl sagen.«

Und beide spürten, dass sie nicht die Einzigen waren, denen das auffiel.

KAPITEL 2

Sogar die Mädchen, die Evan Shepard vor einem Jahr noch abstoßend gefunden hatten, waren sich inzwischen einig, dass er gut aussah; zumindest ein Mädchen jedoch hatte schon immer so gedacht, auch wenn sie das ihren Freundinnen nie anvertraut hatte.

Mary Donovan war schlank, hatte kräftiges, lockeres dunkelrotes Haar und ein hübsches Gesicht, das andere Mädchen als »fesch« bezeichneten, und schwärmte insgeheim schon seit dem siebten Schuljahr für Evan Shepard. Für sie war es schrecklich gewesen, von seinen Problemen zu hören – wie er einem kleineren Jungen mit einem Ziegelstein ein Loch in den Kopf geschlagen hatte; wie ihn die Polizei wegen Erregung öffentlichen Ärgernisses festgenommen und über Nacht eingesperrt hatte, »um ihm eine Lektion zu erteilen«; wie er in einen Eisenwarenladen eingestiegen und beim Griff in die Kasse erwischt worden war – und vielleicht war sie, abgesehen von seinen Eltern, in Cold Spring Harbor der erste Mensch, den die tief greifenden Veränderungen interessierten, die plötzlich in ihm vorgingen.

Mary hatte immer gedacht, dass sie mal einen Sportler zum Freund haben würde – warum nicht? –, darum war sie leicht enttäuscht, dass Evan sich nicht sportlich betätigte, obwohl er für jedes Team kräftig und beweglich genug zu sein schien. Dennoch stellte sie schon bald fest, dass es aufregend war zu sehen – zu beobachten –, wie er seinen Wagen beherrschte. Wenn er nachmittags an der Schule losbrauste, ließ er den Kies aufspritzen, bremste dann scharf am Highway, wo er den Kopf reckte, sein schönes Profil zeigte und, das wellige schwarze Haar oft von leichtem Wind zerzaust, auf eine Lücke im Verkehr wartete; dann bog er rasch und wunderbar selbstsicher auf die rechte Spur, röhrte davon, bis ihre Augen ihn nicht mehr ausmachen konnten, und noch weiter. Er war zum Fahren geboren, und im Herzen mindestens eines Mädchens brachte er damit eine Saite zum Schwingen.

Wenn sie allein dastand, um ihm nachzublicken, die Schulbücher an die Brüste gedrückt, weil die anderen Mädchen sie ebenso trugen, begriff sie allmählich, dass ihr Leben sich grundlegend ändern würde.

Konnte sie nachts nicht schlafen, lag sie manchmal in ihrem wohlriechenden Zimmer wach und gab sich ihren Fantasien hin. Dann stellte sie sich vor, ihre eigenen Hände seien die von Evan Shepard. Sie ließ sie über ihren Körper gleiten, ihn an verschiedenen Stellen streicheln und war diesen Händen zu Willen, bis die süße Anspannung kaum noch zu ertragen war; und schließlich brachte sie die krampfhaften Zuckungen und den hilflosen kleinen Schrei zustande, die bedeuteten, dass sie nun wahrscheinlich einschlafen konnte. Wenn sie Evan Shepard nach so einer Nacht morgens in der Schule sah, errötete sie und schämte sich so sehr, als kenne er ihr Geheimnis und könne es allen erzählen.

Während der Oberstufe brachte Evan eines Herbstnachmittags in einem laut hallenden Highschoolflur den Mut auf, Mary zu fragen, ob sie mit ihm ins Kino gehen wolle, und sie sagte Ja.

Nach der Vorstellung an jenem Abend umarmten und küssten sie sich wie junge Filmstars in der mondhellen Ungestörtheit seines geparkten Wagens, bis sich Mary mit vielversprechend geschürzten Lippen von ihm löste. Sie schälte sich aus ihrer Bluse und ließ sie bis zur Taille hinabgleiten; dann griff sie mit beiden Händen hinter sich, um ihren BH zu öffnen, und als sie ihn abgestreift hatte, sah sie Evan unsicher an, als wollte sie fragen, ob sie das Richtige getan habe.

»Oh«, sagte er mit vor Ehrfurcht gedämpfter Stimme. »Oh, du bist schön. Oh, du bist wirklich schön, Mary.«

Eine ihrer hübschen Brüste in der Hand und die andere unglaublicherweise im Mund, wusste er von den unablässigen Erzählungen anderer Jungen, dass er als Nächstes versuchen musste, die freie Hand »in ihr Höschen zu bekommen«. Doch kaum hatte er damit begonnen, als Mary ihn neuerlich überraschte. Sie wand sich, nahm eine andere Stellung ein und spreizte schüchtern die Beine, um es ihm leichter zu machen.

»O Evan«, sagte sie. »O Evan.«

Und wenig später rissen sie sich für einen Augenblick in geflüstertem Einverständnis zusammen, verließen in schmerzlicher Entbehrung den Vordersitz und sanken wollüstig in den Fond.

Die Liebe mag nicht alles auf der Welt sein, doch darüber machten sie sich erst Gedanken, nachdem sie verheiratet waren. Sie hätten mit der Eheschließung warten können, bis beide ein paar Jahre älter waren, hätte Mary nicht kurz nach Beginn ihrer Liebesaffäre festgestellt, dass sie schwanger war. So mussten sie es ihren Eltern erzählen, und alles ging ziemlich hektisch vonstatten. Man arrangierte eine bescheidene Hochzeit, mietete eine kleine Zweizimmerwohnung in der nahe gelegenen Handelsstadt Huntington, und ein Freund von Marys Vater verschaffte Evan einen Job in einer dreißig Kilometer entfernten Werkzeugmaschinenfabrik. Es war ungelernte Arbeit zu einem Lehrlingslohn, doch es gab Grund zu der Hoffnung, dass man Evans mechanisches Geschick bald erkennen würde; und mit Sicherheit war es besser als gar nichts.

Das Baby war ein Mädchen und wurde nach Marys Großmutter Kathleen genannt. Es wurden jede Menge Familienfotos gemacht, und auf allen außer einem zeigten Evan und Mary ein theatralisches Lächeln. Auf der einzigen Ausnahme, einem Bild, das man kurz darauf wegwarf, wirkten die beiden so ängstlich und verzweifelt, als würden sie lieber woanders sein und alles machen, nur nicht für dieses Foto posieren.

Zu dieser Zeit konnten sich die Erwachsenen beider Familien bereits wieder ihren eigenen Problemen widmen; doch auch wenn es niemand in Worte fasste, dürften alle gewusst haben, dass Kinderehen selten Bestand haben.

Evan begann, nachts allein ziellos durch die Gegend zu fahren, um in der Dunkelheit stirnrunzelnd nachzudenken. Es war großartig, eine hübsche Frau zu haben, die nach einem verrückt war – das ließ sich nicht leugnen. Dennoch konnte es einem zu denken geben. Sollte das etwa alles sein? Immer wieder schlug er mit der Hand aufs Lenkrad, denn er konnte nicht glauben, dass sein Leben schon vor seinem neunzehnten Geburtstag so festgelegt war.

Auch Mary war nicht glücklich. Natürlich musste man die Highschool besuchen, damit man alles über Jungen, die Liebe und das ganze Drumherum erfuhr; doch dann sollten noch vier Jahre College folgen, und nach dem College musste man eine Zeit lang in New York leben, einen Job haben, schöne Kleidung kaufen, auf Partys gehen und ein paar … na ja, ein paar interessante Leute kennenlernen. War es nicht so? Und wusste das nicht jeder?

Ach, wäre es doch bloß nicht so belastend, zu wissen, dass Evan sie über alles liebte, dass er ohne sie völlig aufgeschmissen war – dann könnte sie sich jetzt darauf konzentrieren, einen Ausweg zu finden.

Wenn sie ihre Tochter aus dem Gitterbett oder der Badewanne nahm und in ihre runden, hübschen Augen schaute, stellte Mary manchmal fest, dass sie sich zwingen musste, ein freundliches Gesicht zu machen, weil sie befürchtete, selbst ein Säugling könne die Verbitterung und Ablehnung in ihrem Blick erkennen.

Kam es zu Streitigkeiten, waren sie lang und schroff und stetig wiederkehrend.

»Lässt du mich irgendwann mal ein eigenständiger Mensch sein, Evan?«

»Wie meinst du das, ›ein eigenständiger Mensch‹?«

»Ach, du weißt schon. Und wenn nicht, dann hat's keinen Zweck, dass ich's dir zu erklären versuche.«

»Aber was meinst du mit ›dich lassen‹? Mir scheint, du kannst jederzeit sein, wer du willst.«

»O Gott; vergiss es. Du wüsstest ganz genau, was ich sagen will, wenn du dir mich mal woanders als an diesem Herd, an diesem Spülbecken oder in diesem Bett vorstellen würdest.«

»Oh. Dann wird das jetzt eins dieser Gespräche, bei denen wir die halbe Nacht aufbleiben, uns den Mund fusselig reden und nicht mal bumsen können? Denn wenn's schon wieder darum geht, dann ohne mich. Ich bin nämlich müde. Du kannst dir gar nicht vorstellen, wie müde ich bin.«

»*Du* bist müde. *Du* bist müde. Hör mal, Mister Lehrling, ich bin so müde, dass ich schreien könnte.«

»Aber was zum Teufel willst du sonst noch, Mary? Du willst ausgehen und andere Männer kennenlernen? Ist es das? Du willst für andere Männer die Beine breit machen? Liebling, ich sag dir mal was: Ich bin dumm; ich bin wirklich dumm; aber so dumm nun auch wieder nicht.«

»Ach, wenn du bloß wüsstest, Evan. Wenn du bloß ahnen könntest, wie dumm du wirklich bist.«

»Ja? Tatsächlich?«

»Ja.«

Doch als sie sich anderthalb Jahre nach der Hochzeit trennten, gab es gar keinen Streit. In dem schlichten

Bedürfnis, schnell aus der Wohnung in Huntington herauszukommen und voreinander zu fliehen, schienen sie beide zu wissen, dass jeder weitere Streit so peinlich wäre, als würde man in der Öffentlichkeit gegenüber einem Fremden die Beherrschung verlieren.

Mary regelte, dass ihre Eltern sich um das Baby kümmerten, schrieb sich an der Long Island University ein und war angeblich schon sechs Monate später mit einem Studenten der Zahnmedizin aus Hempstead verlobt.

Evan zog wieder zu seinen Eltern und arbeitete weiter in der Werkzeugmaschinenfabrik. Er wusste nicht, was er sonst anfangen sollte, und es fiel auch niemandem etwas Besseres ein – obschon sein Vater versuchte, ihm ein paar ermutigende Ratschläge allgemeiner Natur zu geben.

»Tja, Evan, das dürfte jetzt eine schwierige Zeit für dich werden«, sagte er eines Abends, als sie noch am Esstisch sitzen blieben, nachdem Grace nach oben gegangen war. »Aber du wirst feststellen, dass manchmal alles von selbst wieder besser wird. Man darf den Mut nicht verlieren, auch wenn man vielleicht bloß abwarten kann, was als Nächstes passiert.«

KAPITEL 3

1941 wurde in Lower Manhattan eine berühmte Klinik für Optometrie eröffnet, in der Leute mit starker Sehschwäche Brillen erhielten, die in ihrem Alltag erstaunliche Verbesserungen bewirken sollten.

Charles Shepard ließ sich einen Termin geben, sobald er im April jenes Jahres davon hörte; doch statt allein im Zug nach New York zu fahren, bat er seinen Sohn, ihn dort hinzubringen.

»Aber dann verliere ich einen ganzen Tageslohn«, sagte Evan erwartungsgemäß, doch Charles hatte genau die richtige Antwort parat und äußerte sie im genau richtigen ruhigen Ton.

»Spielt keine Rolle«, sagte er, »und das weißt du auch.«

Evan war kurz verwirrt, schien dann aber zu begreifen – oder zumindest zu sehen, dass sich diese Fahrt vielleicht lohnen würde, wenn der alte Mann etwas auf dem Herzen hatte.

Er war jetzt dreiundzwanzig, arbeitete immer noch in der Fabrik und wohnte weiter bei seinen Eltern, und sein Vater hegte seit Langem den Verdacht, dass er den Weg des geringsten Widerstands ging: Aus den gewohnten Bahnen auszubrechen hätte Ehrgeiz erfordert, und von dieser Eigenschaft war bei ihm noch nichts zu erkennen. Dem Jungen mochte einst eine kriminelle Karriere gedroht haben, doch der erwachsene Mann war von reiner Trägheit befallen. Obendrein wurde er unübersehbar immer attraktiver – die Mädchen warfen ihm überall verblüffte Blicke voller Hilflosigkeit zu –, und das Witzige daran war: Für jemanden, der so blendend aussah, schien es nicht richtig, so wenig im Kopf zu haben.

Charles hatte sich oft gewünscht, mit seinem Sohn einmal in aller Ruhe ein ernstes Gespräch führen zu können, so wie andere Väter und Söhne es taten, doch zu Hause schien dafür nie genug Zeit zu sein: Sobald Evan abends sein Geschirr weggeräumt hatte, verschwand er mit seinem Wagen, oft für die halbe Nacht. Charles wusste weder, wo er hinfuhr, noch, was er unternahm; manchmal verspürte er einen diffusen Neid und malte sich unbeschwerte romantische Abenteuer auf Long Island und in New York aus, aber dann fragte er sich bekümmert, ob Evan auf diesen Spritztouren nicht doch bloß Nacht für Nacht seine Zeit in derselben Bar vergeudete, in der Gesellschaft anderer betrunkener Fabrikarbeiter, genauso träge wie er. Und wäre das nicht nur natürlich? Wenn man lange genug wie ein Proletarier lebte, inmitten von Proletariern, wurde man dann nicht zwangsläufig selbst zu einem?

Deshalb war Charles der Tag mit der Augenklinik ausgesprochen wichtig. Während der ein, zwei Stunden

Fahrt nach Lower Manhattan und wieder zurück hatte er allen Grund zu der Hoffnung, dass sie ein nützliches, ernstes Gespräch führen könnten.

Sie brachen mittags auf, in mildem, schönem Frühlingswetter, und schon nach wenigen Kilometern gelang es Charles, das Gespräch in Gang zu bringen.

»Die Erinnerung ist eine seltsame Sache«, begann er und hatte sofort die Befürchtung, diese Einleitung könnte dürftig und verräterisch sein, wie der erste Satz eines Radiospots, doch er hielt nicht inne. »Du kannst dich vermutlich kaum noch an Fort Benning, Georgia, erinnern, oder?«

»Doch, ein bisschen«, sagte Evan. »An ein paar Dinge schon.«

»Du warst damals noch ziemlich klein, aber ich muss neuerdings oft an die Zeit in Benning denken. Deine Mutter und ich hatten dort gute ...«

Er sprach wohlüberlegt, lauschte seinen Worten und bemühte sich wie ein Schauspieler, sie nicht einstudiert klingen zu lassen, obwohl sie das waren: Er hatte die ganze Rede vorige Nacht flüsternd im Bett geprobt, bis hin zu den Pausen, in denen Evan ein, zwei Bemerkungen machen konnte. Bestrebt, Spontaneität vorzutäuschen, trug er nur auswendig Gelerntes vor.

»Deine Mutter und ich hatten damals gute Freunde, Joe und Nancy Raymond. Kannst du dich noch an die beiden erinnern? Sie hatten eine Tochter in deinem Alter und einen jüngeren Sohn.«

»Ja, kann ich«, sagte Evan. »Ich meine, jetzt erinnere ich mich.«

»Wir haben immer eine Menge Zeit miteinander verbracht, bei uns, bei ihnen oder im Club, und schienen einander nie überdrüssig zu werden. Dann erzählte uns Joe eines Abends, er hätte beschlossen, aus dem Offiziersdienst auszuscheiden. Er sagte, dass er herausfinden wollte, wie es ist, viel Geld zu verdienen. Er hatte sich mit dem Vertrieb von Radiogeräten befasst – die waren damals brandneu, weißt du, und versprachen unbegrenzte Möglichkeiten. Er wollte als Verkäufer für einen der Hersteller anfangen, Philco, Majestic oder einen der anderen, dann ins Management wechseln und dort weiter aufsteigen.

Natürlich fühlten deine Mutter und ich uns schlecht. Wir würden unsere besten Freunde verlieren – eigentlich die einzigen Freunde, die wir damals hatten –, und ich kann mich noch erinnern, wie deine Mutter fragte: ›Was sollen wir denn ohne euch machen?‹

Worauf ich hinauswill, ist Folgendes, Evan: Joe Raymond bat mich mitzukommen. Er sagte, wir müssten wahrscheinlich ein, zwei oder drei Jahre darben, aber sobald wir Fuß gefasst hätten, würde es vorangehen, und dann könnte uns nichts auf der Welt mehr aufhalten. Dann ergriff deine Mutter wieder das Wort und sagte: ›Oh, lass es uns tun, Charles.‹

Und was danach geschah, werde ich wohl nie vergessen. Ich werde mich immer daran erinnern, wie geknickt, wie enttäuscht sie aussah, als ich zurückscheute und Ausflüchte machte, als ich kniff und das Ganze lachend mit den Worten abtat, ich würde mich nicht als Verkäufer sehen und so. Ich kam mir vor wie ein Feigling, und das liegt wohl daran, dass ich ein Feigling *war.* Ich hatte einfach nicht Joes Elan oder seinen Schneid.

Tja, ich kann dir nicht sagen, was aus den Raymonds geworden ist, denn nach einer Weile haben wir den Kontakt verloren, so scheint es immer zu laufen, auch bei guten Freunden. Ich weiß nicht, ob Joe Erfolg hatte oder in der Wirtschaftskrise den Bach runterging. Aber ich sag dir eins, Evan: Jahre später, nachdem deine Mutter krank geworden war, hätte ich alles getan, um das Ganze rückgängig zu machen. Immer wieder wollte ich zu jener Nacht in Fort Benning zurückkehren und sagen: ›In Ordnung; gut; ich auch. Das machen wir, Joe. Wir steigen aus und verkaufen Radios.‹«

Charles' Stimme hatte leidenschaftlicher geklungen als geplant, deshalb wartete er ein paar Augenblicke, um Atem zu schöpfen. Dann sagte er: »Vermutlich ahnst du, warum ich dir das erzählen wollte, Evan. Weil mir einfach nicht gefällt, wie bei dir zurzeit alles vor sich hin dümpelt. Mir gefällt dein Job nicht; mir gefällt nicht, dass du zu Hause wohnst statt irgendwo allein. Du wirst bald vierundzwanzig, und mir scheint, du solltest dein Leben langsam selbst in die Hand nehmen. Damit will ich sagen, dass du, wenn möglich, etwas mehr wie Joe Raymond sein solltest und etwas weniger wie ich. Verstehst du das?«

»Ja, ich glaub schon«, sagte Evan. »Ja. Klar, ich versteh's.«

Charles, der vom Reden müde war, hatte das zaghafte Gefühl, sein Bestes getan zu haben. Das Einzige, was er bereute, war die Aufforderung »Du solltest dein Leben langsam selbst in die Hand nehmen«, denn das klang vielleicht etwas scheinheilig angesichts der Tatsache, dass er dem Jungen erst vor ein paar Jahren gesagt hatte, alles werde wahrscheinlich irgendwann von selbst wieder besser. Na ja, egal. Vielleicht hatte er es nicht perfekt formuliert, doch die Botschaft war klar.

Wenn im Wagen jetzt Schweigen herrschte, so lag das nur daran, dass Evan Zeit brauchte, um sich eine passende Antwort zurechtzulegen. Er wollte von Ideen erzählen, die er noch nicht ganz durchdacht hatte, und musste seine Gedanken ordnen, bevor er zu reden anfing; außerdem war ihm bewusst, dass eine zu hastige Erwiderung die Dramatik des Geständnisses seines Vaters zerstören könnte.

»Tatsächlich ist es so, Dad«, begann er, als er so weit war, »dass ich ein paar Pläne gemacht habe, die ich wohl mit dir hätte besprechen sollen.«

Mit einer Schüchternheit in der Stimme, die ihn erstaunte, weil er in dieser Angelegenheit nicht hatte schüchtern sein wollen, sagte er, er habe vor, aufs College zu gehen und Maschinenbau zu studieren. Oh, das werde sicherlich einiger Anstrengung bedürfen – erstens habe er keinen richtigen Highschoolabschluss, und die Finanzierung sei bestimmt auch ein Problem, es sei denn, er erfülle irgendwie die Voraussetzungen für ein Stipendium –, doch er wisse, dass er mit allem anderen fertigwürde, sobald das geklärt sei. Er habe bereits mehrere Vorlesungsverzeichnisse angefordert.

»Das ist ja großartig, Evan«, sagte Charles. »Freut mich zu hören, dass du in diese Richtung Überlegungen angestellt hast. Wie du weißt, kann ich dir finanziell nicht groß weiterhelfen, doch ich werde dich so gut unterstützen wie möglich.«

Sie waren gerade mal in Queens, und doch hatte Evan an Nacken und Unterarmen schon eine Gänsehaut, weil sein Vater gesagt hatte: »Das ist ja großartig, Evan.« Als sie die Queensborough Bridge überquerten, fühlte sich Evan wie ein junger Pionier, wie ein Draufgänger, wie der Mann, der er in den Augen seines Vaters stets hatte sein sollen, und von da an hätte die Fahrt ebenso gut in einem Traum ablaufen können: quer durch die Stadt und dann rasch in Richtung Lower Manhattan, wo Charles vielleicht eine Brille fand, die erhebliche Verbesserungen in seinem Alltag bewirken würde.

Irgendwo hinter der Forty-second Street begann es zu regnen, und von der Twenty-third an goss es in Strömen. Direkt nach der Fourteenth Street, während Evan scheinbar mühelos durch das lange, gewundene Labyrinth der Straßen von Greenwich Village fuhr, machte der Motor plötzlich laute Geräusche – Evan konnte gerade noch ruckelnd am Bordstein halten, bevor der Wagen den Geist aufgab.

»Klingt nicht besonders gut«, sagte er.

»Nein.«

Als Evan ausstieg und die Haube öffnete, glaubte er noch, diesen Motor besser als alles andere zu kennen; doch jetzt, wo der Motor unter seinem prüfenden Blick und seinen tastenden Fingern fauchte und zischte, kam er ihm vor wie etwas, das er nie begreifen würde.

»Der Wagen ist schon uralt«, sagte Charles, der in einem zerknitterten Regenmantel, den er auf dem Rücksitz gefunden hatte, neben ihm auf der Straße stand. »So was kommt vor. Wir sollten uns nach einer Werkstatt umsehen, oder was meinst du?«

Aber sie kannten sich in diesem Viertel beide nicht aus. Vielleicht gab es dort gar keine Werkstatt, und sie gingen zwei, drei Straßen weit, ohne auch nur eine Telefonzelle zu finden. Sie würden wohl jemanden um Hilfe bitten müssen, und das war ärgerlich – Charles konnte es nicht ausstehen, die aufwendigen Entschuldigungen und Dankesworte herunterzubeten, die das stets mit sich brachte –, doch in der Eingangshalle eines kleinen, x-beliebigen Apartmenthauses drückte er auf eine x-beliebige Klingel.

»Tut mir schrecklich leid«, sagte er zu der Frau, die die Tür öffnete, »aber wir haben Probleme mit unserem Wagen; könnten wir vielleicht mal kurz telefonieren?«

»Ja natürlich«, sagte sie. »Kommen Sie doch herein.« Sie trat einen Schritt zurück, um die beiden in ihrem düsteren Wohnzimmer willkommen zu heißen, wo es nach Katzenkot, Kosmetikcreme und Essen roch, und Charles begriff sofort, dass er einen netten, vom Pech verfolgten Menschen vor sich hatte. In New York wimmelte es von solch armseliger Vornehmheit.

»Das ist sehr freundlich von Ihnen«, sagte er. »Vielen Dank. Es dürfte nicht lange dauern.«

»Ich freue mich, dass wir helfen können. Brauchen Sie das?«

Das Branchentelefonbuch, das sie ihm in die Hand drückte, war nutzlos – die kleine Druckschrift konnte er schon seit Jahren nicht mehr richtig entziffern –, dennoch stellte er sich an ihren Telefontisch und blätterte in dem Verzeichnis, denn das fiel ihm leichter, als ihr ins Gesicht zu blicken. Er spürte, dass sie ihn beobachtete, und spürte auch die Last ihres Wunsches, diese Zufallsbegegnung möge sich zu einem geselligen Beisammensein entwickeln.

»Tja«, sagte er, »ich sehe leider nicht mehr so… Evan? Kannst du mir mal behilflich sein?«

Evan war ihm ins Zimmer gefolgt und blinzelte verlegen unter dem lächelnden Blick der Frau; jetzt nahm er das Telefonbuch, fand einen Betrieb namens West Village Motors, der halbwegs geeignet zu sein schien, und beugte sich übers Telefon, um die Nummer zu wählen.

»Wollen Sie sich nicht setzen?«, fragte die Frau. »Falls Sie nicht in Eile sind?«

Doch es war sinnlos, sich zu beeilen, denn der Mechaniker würde frühestens in einer halben Stunde da sein; und bevor sie sich setzten, kam es ihnen nur höflich vor, sich miteinander bekannt zu machen, wie Gäste am Beginn einer steifen Party. Die Frau hieß Gloria Drake.

»Ich habe natürlich keinen Führerschein«, sagte sie, als sie Platz genommen hatten, »deshalb verstehe ich auch nichts von Autos, aber ich weiß, dass sie furchtbar kompliziert sind – *und* furchtbar gefährlich.« Bei diesen Worten gab sie ein zittriges Lachen von sich, das vermutlich mädchenhaft und entwaffnend klingen sollte, doch es lenkte bloß die Aufmerksamkeit auf ihre schlaffen, schemenhaften Lippen. Sie sah aus wie ein erschauernder Clown.

»… Oh, Cold Spring Harbor kenne ich«, rief sie wenig später. »Na ja, ›kennen‹ ist wohl übertrieben, aber vor Jahren habe ich mal ganz in der Nähe ein paar Tage mit den Kindern verbracht. Ich werde nie vergessen, wie herrlich diese Gegend an der Nordküste ist: Wir waren im Herbst dort, als sich die Blätter zu verfärben begannen. Ach, und den Long Island Sound hab ich geliebt. Wahrhaft geliebt. Sind Sie sicher, dass Sie keinen Sherry wollen?«

Sie mochte nicht älter als fünfzig sein, doch falls sie früher mal gut ausgesehen hatte, war davon nichts mehr übrig. Ihre Haarfarbe war eine Mischung aus verblasstem Flachsblond und Hellgrau, wie von ständig waberndem Zigarettenrauch gefärbt, und obwohl man sagen konnte, dass sie immer noch schlank war, wirkte ihr kleiner Körper so schlaff und zerbrechlich, dass man ihn sich nur hier, auf diesem kaffeefleckigen Sofa, vorstellen konnte. Ihre ganze Sitzhaltung deutete auf das bange Verlangen hin, gehört, verstanden und, wenn möglich, gemocht zu werden: vorgebeugt, die Unterarme auf den Knien, während sich die verschränkten Hände im Rhythmus ihrer eigenen Sätze wanden.

Später musste Charles Shepard sich ins Gedächtnis rufen, dass er wohl seinen Teil zu dem Gespräch beigetragen hatte – er musste ihr genug Informationen gegeben und genug Fragen gestellt haben, um ihren Redefluss aufrechtzuerhalten –, doch an jenem Nachmittag und in der Erinnerung schien es so, als hätte Gloria Drakes Stimme die ganze Zeit für sich beansprucht: die langen Monologe, das kurze Hervorsprudeln und Stocken, das heisere, zigarettenschwere Gelächter und die beginnende Hysterie. Sie war bereit, ihr Herz an wildfremde Leute zu verschenken, die von der Straße hereingeschneit waren.

»... Meine Güte, nein; wir wohnen erst ein paar Monate in dieser seltsamen Wohnung; das ist nur vorübergehend. Aber wir sind immer viel umhergezogen: Erst neulich haben die Kinder gesagt, sie hätten bei all den verschiedenen Häusern und Wohnungen, die wir hatten, längst den Überblick verloren. Ich weiß nicht mal mehr, wie viele Städte es waren; ist das nicht erstaunlich? Nein, wissen Sie, wir sind schon immer sehr rastlos gewesen. Man könnte wohl sagen, dass wir im Grunde Vagabunden sind.«

Charles und Evan hatten sich ein paar Minuten zuvor ein großes Glas Sherry einschenken lassen, und Evan stellte fest, dass ihm der Geschmack zusagte. Es war eigentlich nicht so schlecht, sich mit seinem Vater in Greenwich Village zu amüsieren. Selbst wenn der Mechaniker von West Village Motors den Wagen reparieren konnte, hätten sie bis dahin den Termin in der Augenklinik vermutlich verpasst, und der Tag wäre vergeudet; aber konnte ein vergeudeter Tag nicht manchmal Vergnügen bereiten? Vater und Sohn könnten in diesem Künstlerviertel ein paar Bars besuchen; sie könnten sich sogar zusammen betrinken, Witze erzählen und lachen, da sie wussten, dass sie auf der Rückfahrt im Zug ein Weilchen schlafen konnten.

»... Ach, ich hoffe wirklich, Sie können bleiben, bis Sie die Kinder kennengelernt haben«, sagte Gloria Drake gerade. »Die müssten eigentlich längst wieder da sein; ich weiß gar nicht, wieso das so lange dauert. Sie sind mit unserem guten Kater Perkins beim Tierarzt, der hat nämlich sein ganzes Futter erbrochen ...«

Während ihre Stimme immer weiter schwadronierte, riskierte Charles einen Blick auf Evan, und beide konnten sich kurz zuzwinkern, ohne dass sie es bemerkte. Die Sache mit dem Kater rief ihr eine andere Katze ins Gedächtnis, die sie viel früher mal gehabt hatte – »Ach, das ist schon eine Ewigkeit her, da waren die Kinder noch klein« –, und bei dieser Geschichte erwähnte sie beiläufig, dass sie schon seit vielen Jahren geschieden war.

Für ihre beiden Zuhörer kam das nicht überraschend. So redete keine Ehefrau – nicht mal eine unglückliche – und auch keine Witwe. An diesem Nachmittag waren die beiden Shepards aufrichtig überzeugt, dass nur eine seit Langem Geschiedene reden würde, als ginge es um ihr Leben, dass nur eine seit Langem Geschiedene reden würde, bis ihre Schläfenadern so dick wie Regenwürmer waren und sich in ihren Mundwinkeln immer mehr weiße Speicheltropfen sammelten.

»... Tja, es war natürlich nicht leicht«, sagte sie, »zwei Kinder ganz allein großzuziehen. Aber irgendwie hab ich mich durchgeschlagen.«

Charles hatte immer gedacht, »sich durchschlagen« heiße, dass man mit kleinen Gelegenheitsarbeiten sein Geld verdiene, deshalb fragte er: »Ach? Was arbeiten Sie denn, Mrs Drake?« Doch er bedauerte die Frage sofort, denn ihre Auslegung dieses Ausdrucks hatte nichts mit Geldverdienen oder Arbeit zu tun.

»Tja, wie gesagt« – bei diesen Worten bekam sie wieder ihr Clownsgesicht –, »wir mussten meistens von Monat zu Monat, von Tag zu Tag leben; aber wir kommen zurecht.«

Also lebte sie wahrscheinlich von Unterhaltsgeld, und daran war ja nichts auszusetzen; dennoch wäre es besser gewesen, wenn sie nicht so getan hätte, als ob es sich anders verhielte.

»... Ach, da sind sie ja«, rief sie und sprang beim Ertönen der Klingel auf. »Meine Güte, ich hab mir schon Sorgen gemacht.« Um die »Sorge« pantomimisch darzustellen, wollte sie die Hand aufs Herz legen, doch stattdessen umfing sie einen ihrer Hängebusen, als wollte sie sich selbst begrapschen, und das hatte etwas so Witziges, dass die Männer sich wieder zuzwinkerten, sobald sie ihnen den Rücken zugekehrt hatte.

Gloria Drakes Kinder waren ein Junge, der gerade in die Pubertät kam, und ein Mädchen, bei dem sie gerade zu Ende ging. Beide wirkten genauso zerbrechlich wie sie, was darauf hindeutete, dass niemand in dieser Familie je stark sein würde, doch das Mädchen verstand es, dennoch erstaunlich hübsch auszusehen.

»Ist das nicht schön?«, wollte ihre Mutter von ihnen wissen. »Diese Herren hatten Probleme mit ihrem

Wagen, haben zufällig bei uns geklingelt, und dann haben wir uns wunderbar amüsiert…«

Das Mädchen hieß Rachel, und als sie Evan die Hand reichte, wirkte sie wie vom Blitz getroffen. Es dauerte nur einen kurzen Moment, bis sie ein höfliches Lächeln zeigte, aber Evan hatte ihre Überraschung bemerkt und sah, dass ihr das nicht entgangen war. In Evan Shepards Leben mochte es immer noch Augenblicke geben, in denen er befürchtete, er würde es niemals zu etwas bringen, doch war ihm stets bewusst, wie gut er aussah und dass ihm das bei den Mädchen einen klaren Vorteil verschaffte.

Schon bald floss wieder der Sherry für alle außer Phil, dem Sohn, einem schwermütigen Jungen, dem es nichts auszumachen schien, dass er nicht mittrinken durfte. Er spielte auf dem Fußboden mit der Katze. Rachel hatte sich ein Stück von Evan entfernt auf einen Stuhl gesetzt, als getraue sie sich nicht, ihm näher zu sein, und er musterte sie genau, während sie mit seinem Vater Höflichkeitsfloskeln austauschte. Ihm gefielen ihre Haut, ihr braunes Haar und ihre großen braunen Augen. Niemand würde sie je als »fesch« bezeichnen; doch jeder wusste, dass es bei Mädchen tausend Arten von Schönheit gab, und außerdem dachte man bei diesem Mädchen nicht in Arten oder Kategorien. Sie war sie selbst: eher schmal und empfindlich, doch so wunderschön, als sei sie frisch zum Leben erweckt worden. In Gedanken spielte er mit Worten wie »zart« und »frisch« und »zerbrechlich«; sie war ein Mädchen, das man zärtlich lieben und beschützen konnte. Und das

Beste war, dass er wusste, es würde ein Kinderspiel sein, sie wiederzusehen und mit ihr auszugehen.

Der Junge saß inzwischen mit zusammengepressten Schenkeln auf einem Stuhl; er hatte die Katze auf dem Schoß, streichelte und kraulte sie, beugte sich nach vorn, murmelte ihr etwas zu und war offenbar noch zu jung, um zu wissen, wie schwuchtelhaft das aussah. Als er aufblickte, sah Evan, dass er staubfarbene Schatten unter den Augen hatte. Vermutlich verbrachte er seine Zeit oft so – hielt sich im Haus auf, hörte das unablässige Geschwätz seiner Mutter und sehnte sich danach, dass sie verstummte, und wenn ihr vom Alkohol die Zunge schwer wurde, starb etwas in ihm –, deshalb tat er Evan leid. Aber trotzdem, wenn ihm so ein Nachmittag nicht gefiel, warum ging er dann nicht nach draußen? Warum spielte er nicht auf der Straße mit den anderen Jungen Stickball oder prügelte sich mit den italienischen Bengeln und lernte was übers Leben?

»Wie alt bist du, Phil?«, fragte Evan.

»Fünfzehn.«

»Ach? Du siehst aber jünger aus.«

»Ja, ich weiß.«

»Gehst du hier in der Nähe zur Schule?«

»Ja, ich gehe auf die …«, begann Phil, doch seine Mutter fiel ihm ins Wort und übertönte ihn.

»Oh, das spielt keine Rolle mehr«, erklärte sie, »denn er ist jetzt unser großartiger Prep-School-Junge. Ab Herbst besucht er die Prep-School; ist das nicht aufregend?«

Evan sagte, das sei gut, und auch Charles murmelte etwas Passendes; doch dann sah sich Charles im Zimmer um und musste mehrmals blinzeln. Nichts in dieser Wohnung oder an diesen Leuten deutete darauf hin, dass sie sich eine Privatschule leisten konnten. Wer auch immer der abwesende Vater war, er musste anscheinend zusätzlich zum Unterhaltsgeld eine wahre Flut weiterer Schecks ausstellen und immer mehr überflüssiges Zeug bezahlen.

»… Na ja, es ist eine kleine Schule«, sagte Gloria Drake, »und nicht so alt wie die bekannteren, doch sie hat einen ganz eigenen Charakter. Er hat dort bestimmt eine tolle Zeit, und das dürfte ihm richtig guttun …«

Als der Mann von West Village Motors kam, verließ Evan mit ihm das Gebäude und lotste ihn zu ihrem Wagen. Es dauerte nicht lange. Schon ein paar Minuten später war Evan wieder zurück, ließ sich noch einen Sherry einschenken, sah seinen Vater mit einer Mischung aus Humor und Bedauern an und berichtete, dass der Mann ihm gesagt habe, der Wagen müsse abgeschleppt und entsorgt werden. »Er hat gesagt: ›Der ist nur noch Schrott, mein Freund. Einfach nur Schrott.‹«

»Oh!«, rief Rachel Drake. »Wie schrecklich, so was über Ihren Wagen zu sagen.« Und sofort setzte sie eine schüchterne Miene auf, denn es war das erste Mal, dass sie das Wort an Evan gerichtet hatte.

»Ach, der Wagen ist schon uralt«, erklärte er ihr, nicht mutig genug, dem Blick ihrer hübschen Augen zu begegnen. »Ich hätte wissen müssen, dass er so gut wie am Ende ist.«

»Das finde ich toll von Ihnen«, sagte sie und flirtete jetzt ganz bewusst mit ihm, »dass Sie etwas so Wichtiges wie ein Auto ohne großes Bedauern verschrotten lassen können.«

»Manches, was man tut, ist bereuenswert«, sagte er, »anderes nicht.« Nur selten konnte er seine Gedanken so gut zum Ausdruck bringen, und es freute ihn, bis er sich erinnerte, dass dieser Satz von seinem Vater stammte.

Phil Drake war offen erstaunt gewesen, dass seine Schwester zu einem Mann, den sie kaum kannte, »Das finde ich toll von Ihnen« sagte. Und Rachel schien zu wissen, was ihr Bruder empfand, denn die beiden lieferten sich ein kurzes Blickduell, beide rosig im Gesicht, sich ängstlich herausfordernd, eine bloßstellende Bemerkung zu machen. Die beiden Geschwister lebten offensichtlich in starker Abhängigkeit voneinander, und das schien Evans ersten Eindruck von den Drakes zu bestätigen: Keiner von ihnen würde je stark sein.

Doch das Mädchen war bald erwachsen. Wenn man sie aus dieser kleinen Scheißwohnung herausbekäme, sie ins nährende Sonnenlicht holen und aufbauen, sie lange genug haben und behalten könnte, würde sie sich vielleicht mühelos in eine Frau verwandeln, die sein Blut, sein Leben, ja einfach alles wert war. Zumindest den Versuch war sie wert.

Mit Evans Hilfe rief Charles in der Augenklinik an und sagte seinen Termin ab; dann führte er ein R-Gespräch nach Cold Spring Harbor und sagte seiner Frau, dass sie sich etwas verspäten würden. Und kaum hatte er dem Telefon den Rücken gekehrt, da wurde ihm schon ein weiteres schweres, randvolles Glas in die Hand gedrückt. Diese Frau wusste nicht, wann Schluss war.

»… Na, war das nicht reizend?«, fragte sie eine Stunde später, als es ihnen endlich gelungen war, sich zur Tür vorzuarbeiten. »Und war es nicht eine witzige Art, sich kennenzulernen? Stellen Sie sich bloß vor: Wenn Ihr Wagen nicht genau dort stehen geblieben wäre und Sie nicht zufällig bei uns geklingelt hätten …«

Wie scheue Verschwörer hielten sich Evan und Rachel etwas im Hintergrund.

»Kann ich dich irgendwann mal anrufen?«, fragte er sie flüsternd, während Phil sie beide mit einseitig hochgezogener Oberlippe betrachtete.

»Ja«, sagte sie. »Ja, das wäre schön.«

Und die Tür hatte sich kaum hinter ihren Besuchern geschlossen, als Rachel Drake sich wie ein ausgesprochen hübsches Mädchen zu fühlen begann. Sie kam sich fast vor wie eine Schauspielerin, denn die Begegnung mit Evan Shepard hatte ihr die Eröffnungsszene eines Films geliefert, den sie in Gedanken ablaufen lassen konnte, sooft sie Lust dazu hatte. Ihre Bemerkung »Das finde ich toll von Ihnen« war der Satz, der dem Publikum zu verstehen gab, wie keck sie trotz all ihrer Schüchternheit sein konnte, und Evans Frage »Kann ich dich irgendwann mal anrufen?« würde immer den Beginn ihrer Liebesgeschichte bezeugen. Es war auch egal, dass alle weiteren Szenen bis nach seinem Anruf warten mussten, denn das Ganze war sowieso kein Film, den man im Zeitraffer sehen wollte.

Aber was, wenn er nicht anrief? Jedes Mal wenn sie sich diese beängstigende Frage stellte, war sie eine Weile zu Tode betrübt, doch das dauerte nie besonders lange.

Bald nahm ihre Lunge wieder die Arbeit auf, und sie spürte das Blut in den Adern, weil sie wusste, dass er anrufen würde; sie war sich sicher.

»Junge, Junge«, sagte ihr Bruder. »Rachel, wenn dieser Evan dich nicht anruft, begehst du wahrscheinlich Selbstmord, was?«

»Ach, nerv mich nicht«, sagte sie.

»Das war eine sehr dumme Bemerkung, Philly«, sagte ihre Mutter von der anderen Seite des Zimmers.

»Okay, tut mir leid«, sagte Phil, und um sicherzugehen, dass beide es hörten, sagte er noch mal: »Tut mir leid.«

In dieser kleinen, vaterlosen Familie waren Entschuldigungen so üblich wie Vorwürfe, und ständig lag Versöhnung in der Luft. Liebe war wichtig. Bis kurz vor Phils elftem Geburtstag hatten sie in einer ritualisierten Babysprache miteinander geredet, der wahrscheinlich kein Außenstehender folgen konnte, und auch jetzt sagten sie oft »Hab dich lieb«. Wenn zwei von ihnen sich über eine Stunde verspäteten, war der allein zu Hause Wartende krank vor Sorge.

In dreizehn Jahren hatten die Drakes zwölfmal den Wohnsitz gewechselt. Zweimal hatte man sie auf die Straße gesetzt, doch es lag nicht immer an ihrer Armut, dass sie ständig umzogen: Oft sah sich Gloria genötigt, eine neue Bleibe zu finden, nur weil die alte ihr auf eine Art fremd geworden war, die sie nicht näher erklären wollte. In bestimmten, unregelmäßigen Zeitabständen zwischen einem Zuhause und dem nächsten stellten sie fest, dass sie sich nur wie Katastrophenopfer aneinanderklammern und ihre überwältigende Verwirrung mit dem Gelächter künstlicher Tapferkeit oder mit grundlosen, furchtbar tränenreichen Streitereien abwehren konnten; dann richteten sie sich beklommen in der neuen Umgebung ein und warteten aufs Neue, bis Kräfte aufgerührt wurden, die außerhalb ihrer Kontrolle lagen.

Alle drei hatten eine Schwäche für den Spiegel, der in ihrer derzeitigen Wohnung an der Wohnzimmerwand hing; hätte Rachel nicht gewusst, dass ihr Bruder sie beobachten würde, hätte sie jetzt eine Stunde vor diesem Spiegel verbringen können, um ihre Figur und ihr schräg gehaltenes Gesicht aus verschiedenen Blickwinkeln zu bewundern.

Stattdessen war es Gloria, die im schwindenden Tageslicht den Spiegel für sich beanspruchte. Sie betupfte ihr Haar und probierte mehrere Gesichtsausdrücke aus, die zu dem Wort »ansprechend« passten, was ihr als perfekte Beschreibung für Charles Shepard in den Sinn gekommen war. Dieser überschwängliche Nachmittag würde ihr stets unvergesslich bleiben, denn Charles Shepard war der ansprechendste Mensch, den sie seit Jahren kennengelernt hatte.

»Ach, waren die beiden nicht nett?«, fragte sie ihre Kinder. »Ich kann gar nicht fassen, was für eine schöne, ansprechende Zeit wir zusammen hatten. Und *ich* glaube, dass wir die beiden bald wiedersehen werden, oder?«

Plötzlich kam ihr ein entsetzlicher Gedanke, und ihr Gesicht erstarrte. »Oh, aber ich hab doch nicht …«, begann sie und sah ihre aufsteigende Angst in den Augen der Kinder gespiegelt. »Ich hab doch nicht zu viel geredet, oder?«

»Nein, nein«, sagte Phil. »Nein, das war schon in Ordnung.«

Die Shepards, Vater und Sohn, tranken sich an diesem Nachmittag durch mehrere Bars im Village und hatten Freude an ihrem vergeudeten Tag und ihrem neu entdeckten Interesse füreinander; sie nahmen sich Zeit, da der letzte Zug erst in ein paar Stunden fahren würde, und lachten unbeschwert, sobald einer von beiden Gloria Drake erwähnte oder ihre Redeweise parodierte.

»Aber das Mädchen fand ich nett«, beteuerte Charles.

»Ja«, sagte Evan. »O ja; sehr nett.«

»Und ausgesprochen hübsch.«

»Ja.«

Doch Evan befürchtete, sein Vater könnte »Willst du nicht mal mit ihr ausgehen?« oder so etwas fragen, denn es war stets wichtig, Privatangelegenheiten für sich zu behalten, wenn man bei seinen Eltern wohnte. Und außerdem hatte er vor, Gloria Drake noch mal nachzuahmen, und wollte seinen komödiantischen Schwung nicht verlieren.

»He, Dad?«, sagte er. Dann trat er einen Schritt von der Theke zurück und versuchte, auf der linken Seite seines Brustkorbs die Kleidung zusammenzubauschen, um eine Wölbung zu formen, die annähernd einer weiblichen Brust glich. Mit einer Hand umfasste und streichelte er diese mit übertriebener Geste und sagte mit weibischer Stimme: »Meine Güte, ich hab mir schon Sorgen gemacht.«

»Also, das… das ist gut, ja«, sagte Charles nach kurzem Kichern. »Trotzdem finde ich, wir haben uns jetzt genug über sie lustig gemacht, oder? Eigentlich…« Er ließ das Eis in seinem Drink kreisen, nahm einen Schluck und stellte das Glas wieder auf die Theke. Dann richtete er sich auf und zog, als sei es ein Uniformrock, mehrmals am Saum seines Jacketts, bis es wieder richtig saß. »Eigentlich«, sagte er wieder, »ist an einer Frau, die sich nach Liebe verzehrt, nichts Witziges.«

Beeindruckt vom Einfühlungsvermögen seines Vaters, musste Evan noch mal überlegen, bevor er zugab, dass sein Vater vermutlich recht hatte.

KAPITEL 4

Ein paar Tage später fand Evan einen günstigen, neun Jahre alten Gebrauchtwagen; dann rief er Rachel Drake an, um ein sorgfältig geplantes, seltsam atemloses kurzes Gespräch zu führen, und ein, zwei Tage danach stand er wieder vor ihrer Tür.

»Oh, hallo«, sagte sie. »Komm doch rein.«

Es stank wieder nach Katzenscheiße, und da waren wieder die schäbigen Polster, die ununterbrochen redende Mutter – »Wie schön, Sie wiederzusehen, Evan; geht's Ihrem Vater gut?« – und der schwächliche, schwermütige Junge. Aber Rachel sah bezaubernd aus in ihrem frischen blauen Kleid, das sie vielleicht extra für diesen Abend gekauft hatte. Evan wusste, dass alles sofort in Ordnung sein würde, wenn er sie nur schnell aus der Wohnung bekäme, und so war es auch.

»... Du bist wirklich ein guter Fahrer«, sagte sie ihm auf dem Weg zur George Washington Bridge. »Du wirst wohl nie nervös, was? Alles, was du tust, wirkt so... souverän. Was den Wagen betrifft, meine ich.«

»Na ja, ich fahre schon immer gern«, sagte er.

Er wollte mit ihr zu einer Stelle an den Palisades fahren, wo man auf ein kleines Feld hinausgehen konnte und einen spektakulären Blick auf Manhattan in den Farben des Sonnenuntergangs hatte. Dann würden sie zu einem Restaurant am Ortsrand von Teaneck fahren, das er sich glaubte leisten zu können, und was danach passierte, hing davon ab, wie gut sie sich verstanden.

Nachdem er den Wagen am Straßenrand geparkt hatte, führte er sie durch hohes Gras und Lorbeerbüsche, bis sie zu einem flachen Felsen kamen, der die richtige Höhe und Größe zum Hinsetzen hatte, und er legte sein zusammengefaltetes Jackett zurecht, um ihr Kleid zu schonen.

»Oh«, sagte sie, als sie es sich zusammen gemütlich gemacht hatten. »Oh, das ist wirklich toll, oder?«

»Finde ich auch, ja.«

Und das stimmte tatsächlich. Die unvorstellbare Skyline von New York, von diesen Klippen am anderen Ufer des Hudson aus betrachtet, war einfach atemberaubend. Es sagte einem sofort, dass all die in Gelb, Orange und Rot getauchten Wolkenkratzer mit ihren zahllosen funkelnden Fenstern für etwas Sinnvolleres da waren als fürs Geschäftemachen; sie waren für ihn da, als hätte er sie herbeigewünscht, und als sei es ihr höherer Daseinszweck, seine Sehnsucht zu steigern und seine Träume zu beherbergen.

Evan wusste, dass sie es wahrscheinlich zulassen würde, wenn er jetzt den Arm um sie legte und sie küsste, hielt es aber für besser, noch zu warten. Stattdessen ergriff er so behutsam, als sei sie ein Vogel, ihre blasse, zarte Hand auf dem Felsen, und das Seltsame war, dass sie vorgab, es nicht zu bemerken. Hals und Wange waren deutlich gerötet, doch ihr todernstes Gesicht verharrte im Profil, den Blick auf die fantastische Kulisse am anderen Ufer des Flusses gerichtet. Schüchternheit konnte bei einem Mädchen etwas Schönes sein, aber dieses hier trieb es vielleicht ein bisschen zu weit. Wenn er sich jetzt hinüberbeugte und sie küsste, würde sie dann wieder vorgeben, nichts zu bemerken? Verdammt; wahrscheinlich schon. Und was, wenn er die Hand an ihrem Bein hinaufgleiten ließe?

»Du bist ziemlich schüchtern, was?«, sagte er.

»Ja, stimmt.«

Doch zumindest sah sie ihn bei diesen Worten an; sie schien sein Gesicht zu mustern, als könnte sie noch nicht glauben, wie perfekt es war. Plötzlich begriff er, dass »Ja, stimmt« eine bessere, mutigere Antwort war, als wenn sie »Nein, stimmt nicht« oder »Kommt drauf an, was du mit schüchtern meinst« gesagt hätte, darum gab er ihr rasch einen leichten Kuss auf den Mund.

»Okay«, sagte er, stand auf und streckte die Hand aus, um ihr aufzuhelfen. »Gehen wir.«

Es war nicht nur Evan Shepards Gesicht, das Rachel unglaublich fand, sondern einfach alles an ihm. Seine breitschultrige, markige, elegante Art, sich zu bewegen und umzudrehen, war eine unbewusste Darbietung, deren sie nie überdrüssig zu werden glaubte. Manche Dreiundzwanzigjährigen hatten noch etwas Jungenhaftes in ihrer Haltung und ihrem Benehmen, und auch das konnte auf seine eigene Art vermutlich anziehend sein, doch Evan sah immer aus wie ein Mann.

Und er wusste so viel! Seine unerschütterliche Gelassenheit, sein leichter Redefluss und seine makellose Handhabung des Wagens waren nur die Ouvertüre gewesen, genau wie die herrliche Überraschung mit dem gestohlenen Kuss. Während er sie auf dem Gehsteig zu einem, wie sich herausstellte, ausgesprochen netten, ruhigen Vorortrestaurant führte, dachte sie weiter an diesen Kuss: Kein anderer Junge oder Mann, den sie kannte, hätte einen so hinreißenden flüchtigen Kuss zustande gebracht. Hätte er die Lippen nur einen Augenblick länger auf ihren Mund gedrückt, wären sie beide vielleicht zu verlegen gewesen, um etwas zu sagen, doch er hatte einfach gewusst, wie er sich vorbeugen, sie küssen und sich mit dem richtigen Lächeln wieder zurückziehen musste. Und das Beste war, dass jegliche Schüchternheit ihrerseits wie weggeblasen sein würde, wenn es, später am Abend, Zeit für die richtigen Küsse war.

Während Rachel ihm in dem nett eingerichteten Restaurant gegenübersaß und darauf wartete, dass noch mehr Hinreißendes an ihm zum Vorschein käme, bestellte sie zum dritten Mal im Leben einen trockenen Martini. Evans Stimme hatte die richtige Mischung aus Höflichkeit und Beherrschung, während er mit dem Kellner sprach – das war an sich schon ziemlich hinreißend –, und etwas später, beim Essen, das sich durch unbeschwerte Gespräche auszeichnete, erzählte er, dass er geschieden war und eine sechsjährige Tochter hatte.

Sie wusste, dass es eine Weile dauern würde, die Tragweite dieser überraschenden Neuigkeit zu begreifen. Die Worte »geschieden« und »Tochter« klangen so sehr nach Erwachsensein, dass sie sie nicht sofort erfassen konnte.

»Wo ist sie jetzt?«, fragte sie.

»Meine Tochter?«

»Natürlich, sie auch; aber ich hab deine Frau gemeint. Deine frühere Ehefrau.«

»Oh, wenn ich mich nicht irre, macht sie dieses Jahr ihren Collegeabschluss«, sagte er. »Nein, Moment; ich glaube, das war letztes Jahr ... Ich weiß gar nicht, was sie als Nächstes vorhat; ihre Eltern erzählen mir nicht viel. Weißt du, sie kümmern sich um die Kleine – sie bringen sie manchmal vorbei, oder ich fahre hin –, aber sie erzählen mir nicht viel von Mary, und ich stelle keine Fragen.«

So hieß sie also. Ein blutjunges Mädchen namens Mary, das von Long Island stammte, hatte sich vor Jahren, als auch er noch sehr jung gewesen war, in Evan Shepard verliebt; die beiden waren in fleischliche und geistige Verzückung geraten; sie hatte sein Kind zur Welt gebracht, und jetzt wusste er nicht genau, was sie als Nächstes vorhatte.

»Ist sie hübsch?«

»Wer, Mary?«, fragte er und blickte auf seinen Teller. »Ja; o ja, sehr hübsch.«

Auf der Rückfahrt nach New York an jenem Abend saß Rachel schweigend neben ihm im Wagen, und ihr kam der Verdacht, dass Evan Shepard alles mit ihr anstellen konnte, was er wollte. Ihr größtes Hemmnis lag darin, dass sie das besorgte Gesicht ihrer Mutter vor Augen hatte und wusste, wie entsetzt diese sein würde, wenn sie »zu weit ginge«, selbst mit so einem Mann, geschweige denn, wenn sie mit ihm »bis zum Äußersten ginge«.

Rachels Mutter war, was sexuelle Aufklärung betraf, keine verlässliche Quelle gewesen; sie schien die unausgesprochene Ansicht zu vertreten, dass anständige Leute es unnötig fanden, über so etwas zu reden. Mit ihrem kurzen zittrigen Lachen oder dem Ausspruch, Rachel habe noch jede Menge Zeit, alles zu erfahren, was sie wissen müsse, war es ihr bisher gelungen, sich fast jeder Frage zu entziehen – und das Beunruhigende war, dass dies immer eher von Gedankenlosigkeit oder Trägheit herzurühren schien statt von irgendeinem Prinzip. Ihre Mutter hatte sogar versäumt, Rachel über die Menstruation aufzuklären, bis es zu spät war – sodass Rachel mit dreizehn, an dem Tag, als die Blutung einsetzte, allein zu Hause war und verängstigt zu fremden Leuten rannte, wo ihr eine freundliche Frau alles erklärte (»Das heißt bloß, dass du jetzt eine Frau bist, Liebes …«), während ihr ein freundlicher Mann direkt um die Ecke eine Schachtel Kotex und einen kleinen rosa Elastikgürtel besorgte.

Noch jetzt, mit neunzehn, fühlte sie sich durch ihre Unwissenheit schwer beeinträchtigt. Sie konnte neun Jungen oder Männer aufzählen, die sie »ausgeführt« hatten, über eine Zeitspanne von ein, zwei Abenden bis hin zu einem halben Jahr oder länger, und sie wusste, dass manche Mädchen neun als ausreichende Anzahl betrachten würden (im Rückblick gab es sogar

Momente, in denen man neun für erfreulich viel halten konnte); dennoch hatten einige der Jungen auf ihrer Liste durch die Art, wie sie atmeten oder ihre Hände benutzten, erkennen lassen, dass sie genauso schwer beeinträchtigt waren wie sie; und ein paar von den Männern hatten kalt lächelnd Furcht einflößende Bemerkungen gemacht, die alles verdarben.

Vor Kurzem hatte eine überregionale Wochenzeitschrift an erstaunlich prominenter Stelle einen Artikel über voreheliche sexuelle Beziehungen gebracht. Rachel hatte begonnen, ihn mit wachsendem Interesse zu lesen, und sich nicht einmal an den vom Verfasser überstrapazierten Begriffen »realistisch« und »vernünftig« gestört, doch dann war ihre Mutter ins Zimmer gekommen und hatte gesagt: »Oh, an deiner Stelle würde ich mich damit nicht abgeben. Die veröffentlichen so was bloß aus… du weißt schon… aus Sensationslust.« Und als Rachel die Zeitschrift am nächsten Tag gesucht hatte, um den Artikel ungestört zu Ende zu lesen, stellte sich heraus, dass ihre Mutter sie weggeworfen hatte.

Gab es wirklich einen Grund, sich in so einem Augenblick durch Gedanken an ihre Mutter ermahnen zu lassen? Wie konnte ihre Mutter durch etwas gekränkt sein, das sie weder wusste noch herausfinden konnte?

Und dennoch – das ließ sich nicht leugnen –, dennoch hatte Rachel Angst. Während Evans Wagen sie in das dunkle, chaotische Gewimmel Manhattans zurückbrachte, lagen ihre Hände feucht in ihrem Schoß, und sie spürte ganz deutlich ihren Herzschlag. Vielleicht hatten alle Jungfrauen Angst, doch vielleicht wurden auch nur jene Jungfrauen von Angst geplagt, die von ihren Müttern tyrannisiert worden waren; jedenfalls war das Schlimmste in diesem Moment, dass sie sich keinen respektablen Grund vorstellen konnte, Nein zu Evan Shepard zu sagen. Er würde sie auslachen; er würde sie für ein Kind und eine dumme Kuh halten; er würde sie mit einem Fingerschnippen wegschicken, und dann würde sie ihn nie wiedersehen.

Doch das Erstaunliche war, dass Evan, während beide sich leise unterhaltend in dem lauschig und still am Bordstein geparkten Wagen saßen, gar nicht versuchte, sie zu überwältigen. Er griff nicht mal nach ihren Brüsten oder Schenkeln – zwei Dinge, die sie auf freundliche Weise abzuwehren gelernt hatte, bei ihm aber vermutlich zugelassen hätte. An diesem Abend wollte er anscheinend nur Küsse – lange Hollywoodküsse in seinen Armen, mit offenem Mund und süßem Umschlingen der Zungen. Es war fast so, als würde er sagen: Schau mal, ich kann auf alles Übrige warten, du nicht? Ach, ich weiß so viel mehr darüber als du, Liebste, und ich weiß, dass es schöner wird, wenn wir uns Zeit lassen.

Als er sich schließlich in der Eingangshalle von ihr verabschiedete, nachdem er gewartet hatte, bis sie die Türschlüssel in ihrer Handtasche fand, war ihr vom Abschiedsschmerz schwach und schwindlig zumute.

»Rufst du mich an?«, fragte sie hilflos. »Rufst du mich wieder an, Evan?«

»Natürlich«, sagte er und lächelte ihr auf eine Art zu, die schon bald zur Gewohnheit wurde: eine Mischung aus Mitleid, zärtlicher Neckerei und Liebesbereitschaft.

Wohl wissend, dass er einen guten Eindruck gemacht hatte, erlaubte sich Evan an jenem Abend auf der Rückfahrt nach Cold Spring Harbor, mit dem Gedanken einer neuerlichen Heirat zu spielen – doch diesmal wollte er es besser machen, und aus besseren Gründen.

Erst als er zu Bett ging und ihm nur noch wenige Stunden blieben, bevor er aufstehen und zur Arbeit fahren musste, kam ihm eine beunruhigende Frage in den Sinn: Wenn er wieder heiratete, was wurde dann aus seinem Maschinenbaustudium? Doch kurz vorm Einschlafen dachte er, dass sich Heirat und College nicht gegenseitig ausschließen mussten. Man konnte Möglichkeiten und Wege finden; man konnte Regelungen treffen. Wenn man dreiundzwanzig war und sein Leben im Griff hatte, konnte man alles bewerkstelligen.

KAPITEL 5

Im Sommer und Herbst dieses Jahres wurde es immer klarer, dass Evan und Rachel so gut wie verlobt waren.

Gloria Drake fand das Ganze sehr schön, obwohl es bestimmt noch schöner gewesen wäre, wenn Evan seinen Vater mal wieder mitgebracht hätte, doch für so etwas fühlte sie sich unvorbereitet und schlecht gerüstet. Meistens konnte sie nicht mal glauben, dass ihre Tochter alt genug war, sich zu verlieben; sie sah in Rachel noch immer das kleine Mädchen, das sorgfältig ein halbes Dutzend Puppen auf dem Boden seines Zimmers aufreihte, um sie anderen vorzuführen, oder wegen Kleinigkeiten wie einer verweigerten Eistüte in Tränen ausbrach.

An den Abenden, an denen Gloria lange genug aufblieb, um Rachel verträumt nach Hause kommen zu sehen, brachte der Anblick des Mädchens sie stets etwas aus der Fassung: die Kleidung zerknittert und das Haar unordentlich, die Augen verschleiert und der Mund geschwollen, mit zerfressenem Lippenstift. Die Liebe galt vielen als Qual, doch Rachel konnte sie auch wie eine Strafe erscheinen lassen.

Und noch etwas: Gloria war zu dem Verdacht gelangt, dass man Evan nicht völlig trauen konnte –

ihm vielleicht gar nicht trauen konnte. Aus seinem hübschen Gesicht blickte einem etwas zu oft der Teufel entgegen. Wenn er die funkelnden Augen zusammenkniff und einen von der Seite anblickte, sah er aus wie jemand, dem es nichts ausmachte, ein Mädchen zu verführen und dann ohne jegliche Schuldgefühle sitzen zu lassen.

»Rachel, ich glaube, wir sollten uns mal unterhalten«, sagte Gloria eines Nachmittags im Wohnzimmer, wo ihre Tochter das Bügelbrett aufgestellt hatte, um die Falten eines verführerischen weißen Rocks zu glätten, den sie an jenem Abend tragen wollte. »Ich finde, dass Evan bei dieser langen, ziellosen Brautwerbung nicht genug an dich denkt. Wenn ihr verlobt seid, sollte es auch einen Hochzeitstermin geben, und zwar bald.«

»Ach, Mutter.« Rachel blickte ungeduldig im Dampf des elektrischen Bügeleisens auf. »Siehst du denn nicht, wie unfair das gegenüber Evan wäre? Er muss an seine Karriere denken. Er wird Ingenieur, das hab ich dir immer wieder gesagt, und da braucht er …«

»In Ordnung, aber wie lange dauert das Studium?«

»Vier Jahre, aber es ist doch so …«

»Du willst vier Jahre lang verlobt sein?«

»Nein! Lässt du mich bitte mal ausreden, Mutter? Es ist doch so, dass eine Menge Studenten verheiratet *sind.* Vielleicht können wir nach Evans erstem oder zweitem Jahr heiraten, denn dann dürfte ich schon so lange gearbeitet haben, dass ich Geld zurücklegen kann. Ich werde nämlich einer geregelten Arbeit nachgehen.«

»Das klingt aber gar nicht gut«, sagte Gloria entschlossen. »Wenn Evan heute Abend kommt, sollten wir drei uns mal hinsetzen und darüber sprechen.«

Und das taten sie auch. Das junge Paar saß Händchen haltend auf dem alten Sofa und lauschte, während Gloria deutlich wurde. Sie wies darauf hin, dass lange Verlobungen schon immer aus naheliegenden Gründen als unklug galten, und drängte die beiden, spätestens im November zu heiraten. Ansonsten wäre es nur vernünftig, wenn sie »einander von jeglichem Versprechen entbinden« würden.

Nach ihrer Ansprache glaubte sie, ihrer Verantwortung ledig zu sein. Sie hatte sich richtig verhalten und die richtigen Worte gewählt. Sich unerwarteten Herausforderungen unverzüglich zu stellen, den Schock jeder Überraschung zu überwinden und dann schnelle, feste Entscheidungen zu treffen – das war es, was sie mit »sich durchschlagen« meinte.

Die beiden jungen Leute saßen da und berieten sich murmelnd; dann wandte sich Rachel wieder ihrer Mutter zu und sagte, sie würden es sich überlegen, während Evan mit einem losen Faden an seinem Mantelärmel beschäftigt zu sein schien.

»Mrs Drake?«, meldete sich nur wenige Tage später eine tiefe männliche Stimme am Telefon. »Hier spricht Charles Shepard.« Er sagte, er sei an diesem Nachmittag zufällig in der Stadt und frage sich, ob sie sich vielleicht irgendwo auf ein Gläschen mit ihm treffen könne.

Vor dem Spiegel probierte sie drei verschiedene Kleider, keins davon richtig sauber, und zwei Frisuren aus, bevor sie zu dem Schluss kam, dass sie bereit war. Sie war freudig erregt wie ein junges Mädchen, denn sie hatte sich seit Jahren nicht mehr allein mit einem Mann in der Stadt getroffen und musste aufpassen, sich nicht lächerlich zu machen. Sie wusste genau, dass Charles Shepard nur angerufen hatte, weil er von ihrem Ultimatum erfahren hatte; er würde eine andere Ansicht vertreten. Sie würde ihn ausreden lassen und dann versuchen, ihn zu überzeugen. Das war ein weiterer Anlass, bei dem sie sich durchboxen musste.

Als Treffpunkt hatte er den hohen, großen, leise pulsierenden Salon des Pennsylvania Hotel gewählt, und es stand im Einklang mit dem Format dieses ungewöhnlich ansprechenden Mannes, dass er einen derart geschmackvollen Ort ausgewählt hatte. Er schien sie erst zu erkennen, als sie nur noch ein paar Schritte von seinem Tisch entfernt war; dann blinzelte er, setzte eine entschuldigende Miene auf, erhob sich wie ein Offizier zu voller Größe und machte eine bezaubernde kleine Verbeugung. Als sie sich gesetzt hatten, bat sie den Kellner um einen Bourbon mit sehr wenig Wasser, und bei dem Gedanken daran begann ihr Gaumen wohlig zu kribbeln. Das hier würde nett werden.

»... Deshalb dachte ich, wir sollten es durchsprechen«, sagte er gerade, »denn manche Gesichtspunkte erfordern vielleicht etwas ...« Doch bevor er den Satz beenden konnte, stieß er mit dem Unterarm ein Glas Eiswasser um, das sich über den Tisch ergoss.

»Oh!«, rief sie.

»Oh, tut mir schrecklich leid. Hier, lassen Sie mich versuchen … Alles in Ordnung?«

»Nein, schon gut. Ich bin bloß erschrocken.«

Der Kellner war wieder da, wischte und tupfte geschickt alles auf und versicherte ihnen, dass das Ganze nicht schlimm sei, und als er wieder gegangen war, sagte Charles: »Das liegt an meinen Augen. Ich sehe sehr schlecht. Manchmal stoße ich überall an wie ein Blinder.«

Und so war es durchaus möglich, dass er ihre Falten an Hals und Gesicht und den Fettfleck, den eine heruntergefallene Wurstscheibe auf dem Oberteil des besten ihrer drei Kleider hinterlassen hatte, nicht sehen, dass er ihr Alter nicht einschätzen konnte und sich nicht fragen musste, wie er auf die unverhüllte Einsamkeit und Sehnsucht reagieren sollte, mit der sie ihn immer ansehen würde.

Er sprach jetzt mit so stolzer, fester Stimme, wie es damals gewesen sein musste, als er noch Soldaten befehligt hatte, und erklärte, wie wichtig es sei, dass es Evan »völlig freistehe«, sich als Vollzeitstudent einzuschreiben; er sei sich sicher, dass Rachel das auch verstehe. Das habe sie ihm bei einem ihrer Besuche mit Evan sogar gesagt, und er sei davon keineswegs überrascht gewesen: Rachel sei viel zu intelligent, um so etwas nicht zu verstehen.

»Ja, natürlich«, sagte Gloria, womit sie nur dem Satz über Rachels Intelligenz beipflichten wollte, und plötzlich spürte sie, wie der Whiskey in ihrem Blut und ihrem Gehirn seine dezente, wunderbare Arbeit verrichtete. »Und ich verstehe es auch, Mr Shepard, aber ich kann mir …«

»O nein, bitte«, unterbrach er sie. »Nennen Sie mich Charles.«

»Nun, das ist nett, Charles; ich heiße Gloria. Trotzdem kann ich mir einfach nicht vorstellen, dass Rachel jahrelang als Schreibkraft, Kellnerin oder sonst was arbeitet, und keine andere Sicherheit hat als diesen nebulösen Plan, irgendwann mal zu heiraten. Es darf nicht das Risiko bestehen, dass ihr wehgetan wird.«

»Wie sollte das denn passieren?«

Sie musste kurz überlegen und beobachtete, wie ihr leeres Glas abgeräumt und durch die funkelnde Fülle eines weiteren Drinks ersetzt wurde. Der kleine Evan mochte mitunter den Eindruck erwecken, als meine er es mit einem Mädchen nicht ernst oder behandle sie schlecht, doch im Grunde war er der Sohn dieses redlichen, aufmerksamen Mannes, der für beide Kinder nur das Beste wollte. Evans Studium mochte für Rachel mit einem gewissen Risiko verbunden sein, doch auch das Leben selbst war nun mal riskant. Vielleicht musste man ein Mann sein, um so klar und geradlinig denken zu können.

»Ich weiß nicht, Charles«, sagte sie schließlich. »Vermutlich ist es bloß so, dass Rachel in meinen Augen noch ein Kind ist.«

»Nun, das ist … seltsam«, sagte er, »denn ich glaube, ich würde sie als erwachsene und verantwortungsvolle junge Frau beschreiben.«

Nach seinem Gesicht und dem Ton seiner Stimme zu urteilen wusste er, dass er die Auseinandersetzung gewonnen hatte.

Sich öfter als nötig mit dem Vornamen ansprechend, redeten und tranken sie noch länger als eine Stunde, als sei ihr Interesse aneinander spontan – als seien sie befreundet –, und plötzlich war es schon sieben Uhr vorbei. Um diese Zeit hatte Charles bereits zu Hause sein wollen, doch jetzt empfand er es als Gebot der Höflichkeit, Gloria Drake auch noch zum Abendessen einzuladen. Zuvor müsse er allerdings einen Anruf machen.

Mit einem Dollarschein in der Hand wartete Charles vor einer Telefonkabine, während ein dienstbeflissener Page für ihn anrief (»Bitte sehr, Sir; oh, danke, Sir«), und er wusste, dass es dumm war, hier so viel Zeit und Geld zu vergeuden; doch es ließ sich nicht ändern.

»... Na, ich hab dir ja gesagt, dass die Frau pausenlos redet, Liebes«, erklärte er Grace. »Sie ist einfach nicht zu bremsen. Aber das Wichtigste hab ich erreicht: Ich habe sie auf unsere Linie gebracht. Evan steht jetzt nicht mehr unter Druck, und das ist ein Segen, meinst du nicht auch? ... Stimmt ... Ja, natürlich, Liebes, und es tut mir auch leid ... Ja, sicher. Im rechten Schränkchen über der Spüle steht auf dem unteren Regal eine Dose Thunfisch; und wenn du dir die Champignoncremesuppe aufwärmen willst, die wir gestern Abend hatten, dann findest du sie im Eisschrank, in dem kleinen Topf, und im linken Schränkchen über dem Herd sind noch ein paar Cracker ...«

Als Gloria ihn langsam zu ihrem Tisch zurückkommen sah, dachte sie, noch nie einen … stattlicheren Mann gesehen zu haben. Es hieß, dass Cold Spring Harbor eine von »altem Geld« geprägte Gegend war – große oder bescheidene Familienvermögen, die über Generationen weitervererbt wurden –, und die Leute dort hätten sich keinen geeigneteren Repräsentanten als Charles Shepard wünschen können. An seinem vorsichtigen Gang war zu erkennen, dass er eine Sehschwäche hatte, doch das schien sein würdevolles Auftreten nur zu betonen. Er machte jedenfalls nicht den Eindruck, als würde er überall anstoßen wie ein Blinder; er sah aus wie jemand, der sich vielleicht doch noch irgendwie als der Held in ihrer Lebensgeschichte erweisen könnte.

»Ach, ich wünschte, Sie würden mir mehr über Cold Spring Harbor erzählen, Charles«, sagte sie, als er wieder Platz genommen hatte. »Denn wissen Sie, was ich irgendwann mal gern tun würde? Ich würde wirklich gern hinfahren, so lange wie möglich bleiben und alles auf eigene Faust erkunden.«

»Ja«, sagte er. »Tja, es ist eine sehr ruhige Gegend; in mancherlei Hinsicht sogar recht eintönig …«

Als Gloria in ihre Wohnung zurückkam, vibrierten und summten all ihre Sinne vom Genuss dieses Abends. Doch sie hatte kaum Zeit, sich vor dem Schlafengehen einen Drink zu machen, als plötzlich, viel früher als üblich, Rachel und Evan eintrafen, und das Erste, was sie beim Anblick ihrer Gesichter sah, war Rachels triumphierende Miene. Die beiden hatten ihr etwas mitzuteilen.

»Wir sind zu dem Schluss gekommen, dass du recht hast«, verkündete Rachel, die Evans Hand festhielt, während sie sich ihr gegenübersetzten. »Wir wollen nicht länger warten, sondern jetzt heiraten.«

»Tja, das ist … das ist wirklich sehr seltsam«, sagte Gloria, »denn ich hab heute Abend mit Evans Vater im Pennsylvania gegessen, wisst ihr, und wir haben uns auf den anderen Plan geeinigt. Den unbestimmteren Plan.«

»Oh«, sagte Rachel. »Aber es ist ja nicht so, dass ihr heiraten wollt, oder? Sondern ich und … sondern Evan und ich.«

Gloria wusste nicht, was sie davon halten sollte. Vermutlich war es gut, diese Entschlossenheit bei einem Kind zu sehen, das für die Welt immer viel zu zart gewirkt hatte; trotzdem hatte es etwas Unbefriedigendes, das sie nicht richtig in den Blick bekam.

Und es war auch beunruhigend, dass Evan noch kein einziges Wort gesagt hatte. Er hatte, offenbar zustimmend, genickt und geknurrt, während Rachel die Sache darlegte; er hatte zugelassen, dass sie erst mit einer und dann mit beiden Händen die seine drückte; doch warum äußerte er sich nicht? Sollte bei so einem Anlass nicht der Mann das Reden übernehmen?

»Tja, Evan«, sagte sie, »ich befürchte, dein Vater hält das für keine gute Idee.«

»Ach, darüber würde ich mir keine Sorgen machen, Mrs Drake«, versicherte er ihr mit schläfriger Stimme. »Der lenkt schon ein.«

Dieser junge Mann mochte monatelang etwas beängstigend Teuflisches gehabt haben, doch an diesem

Abend wirkte er, im Gegensatz zu Rachels strahlendem, stolzem Gesicht, teilnahmslos. Er sah aus wie ein müder Jüngling, bereit, nachzugeben, sich den starren Bedingungen eines Mädchens zu unterwerfen, das darauf bestand, ihn zu heiraten. Okay, was soll's, schienen seine müden Augen zu sagen; warum nicht?

Und erst nachdem sie diese Vermutungen über Evan angestellt hatte, konnte Gloria benennen, was sie an der Sache so unbefriedigend fand. Wäre es nicht wirklich traurig, wenn ein Mädchen nur um des Sex willen heiratete?

»Nein, wirklich, Charles«, sagte sie ein, zwei Tage später am Telefon, »ist es nicht seltsam, dass sie und ich die beiden genau das tun lassen, was wir so … so unklug fanden?«

»Tja, darauf haben wir wohl keinen großen Einfluss, oder?«, sagte Charles, der müde klang. »Die beiden sind alt genug, zu tun, was sie wollen.«

Sie sagte, das stimme natürlich; trotzdem saß sie noch lange, nachdem sie aufgelegt hatte, auf dem Sofa und versuchte vergeblich, nachzudenken.

Sie wünschte, Phil wäre zu Hause, damit sie über das Ganze reden könnten. Phil mochte noch jung sein, doch es gab Augenblicke, in denen die Klarheit seiner Worte jegliche Verwirrung durchbrach. Und sie wünschte ohnehin, dass er zu Hause wäre – auch wenn er bloß mit der Katze spielen oder sein Gesicht im Spiegel betrachten wollte, anstatt mit ihr zu reden; auch wenn er in die mutwilligen Kindereien verfiel, die darauf hindeuteten, dass er immer ein kleiner Junge bleiben würde.

Er fehlte ihr. Seine Briefe von der Irving School waren lang und manchmal so witzig, dass man sie laut lesen musste, doch sie verbargen nie, dass er dort unglücklich war. Wahrscheinlich war er nicht robust genug für die Prep-School. Er war zu sensibel; er hatte mehr Fantasie, als ihm guttat; da glich er seiner Mutter.

Rachel war anders. Trotz all ihrer Zartheit und der wegen Eistüten vergossenen Tränen war Rachel die Standfesteste in der Familie: Sie kam nach ihrem Vater.

Zartheit und Standfestigkeit – das schien eine seltsame Kombination zu sein, doch Gloria wusste, wie solide diese Mischung sein konnte. Sie begriff auch, dass Mädchen häufig den Fehler begingen, nur um des Sex willen zu heiraten – das war vermutlich schon seit dem Anfang der Welt so –, doch sie selbst hatte diesen Fehler nicht gemacht.

Sie hatte erst dreißig werden, etliche Affären hinter sich bringen und äußerst besorgt wegen ihrer Zukunft sein müssen, bis sie einwilligte, Curtis Drake zu heiraten. Und sie wusste schon immer, dass Besorgnis kein besonders guter Grund zum Heiraten war; doch inzwischen kam er ihr besser vor als diese törichte jungfräuliche Naivität ihrer Tochter.

Oder konnte es sein, dass sich die Gründe eines Menschen nicht eindeutig bestimmen ließen? Vielleicht fanden Männer und Frauen so wahllos und unbekümmert zusammen wie sich paarende Vögel, Schweine oder Insekten, sodass jegliches Gerede von »Gründen«

stets sinnlos, selbstbetrügerisch und unerheblich sein würde. Nun, das war die eine Sichtweise. Die andere, auch wenn sie schärfere, quälendere Erinnerungen hervorrief, als Gloria sie in der Regel ertragen konnte, lag darin, anzuerkennen, dass Curtis Drake einst ihr Herz erobert hatte.

»Ach, du sagst immer so schöne Dinge«, erinnerte sie sich, ihm oft gesagt zu haben, und das hatte sie immer ernst gemeint, obwohl es ihr jetzt nicht mehr leichtfiel, das Schöne aus allem anderen herauszusieben.

Ihr hatte sein schmales Gesicht gefallen und die Art, wie er den Kopf und die Schultern hielt. In zärtlichen Momenten hatte ihr auch die Tiefe und Resonanz seiner Stimme gefallen, obwohl sie stets wusste, dass diese bei ihren Streitereien ein raues Krächzen annehmen und bei einem Satz wie »Gloria, kannst du nicht mal vernünftig sein?« so hoch und dünn klingen konnte wie das Gejammer einer Frau.

Nach ihrer Scheidung hatte sie oft zu anderen gesagt, dass sie sich nicht mehr vorstellen könne, wie sie auf den Gedanken verfallen sei, Curtis Drake zu heiraten, doch wenn sie allein war, wusste sie es besser: Sie konnte es sich durchaus vorstellen. Bei manchen alten Liedern, die spätnachts im Radio liefen, ganz besonders einem, weinte sie ihm immer noch nach:

We could make believe
I love you,
Only make believe
That you love me …

Doch all das musste sie jetzt, wohl oder übel, aus dem Kopf bekommen, denn es galt, sich um die Hochzeitsvorbereitungen zu kümmern.

Sie hatte schon immer eine Vorliebe für die Episkopalkirche – jedermann wusste, dass es die einzige aristokratische Religion in Amerika war –, deshalb war sie zutiefst enttäuscht, als ihr ein abweisender Pfarrer am Telefon sagte, dass wegen Evans früherer Ehe keine episkopalische Hochzeit möglich sei. Während der nächsten Tage stellte sie mithilfe des Telefonbuchs eine Liste der erwägenswerten presbyterianischen und methodistischen Kirchen zusammen, ging dabei jedoch eher lustlos vor. Sie fand das ganze Problem ärgerlich und langweilig, doch plötzlich wurde es durch einen unerwarteten Anruf von Charles Shepard gelöst.

Er sagte, in Cold Spring Harbor gebe es eine nicht konfessionsgebundene Kapelle, in der man eine schöne Zeremonie ausrichten könne; und danach könne im Haus der Shepards ein kleiner Empfang stattfinden. Ob das angemessen klinge?

»Oh, wunderbar«, sagte sie. »Oh, das ist perfekt, Charles.«

Am Morgen der Hochzeit war Rachel Drake so müde und nervös, dass sie kaum ihren Koffer packen konnte. Sie hätte alles dafür gegeben, wieder ins Bett kriechen und noch ein paar Stunden schlafen zu können, doch das kam nicht infrage.

»Mutter?«, rief sie durch die offene Tür ins Wohnzimmer. »Hast du den Fahrplan da?«

»Den was?«

»Du weißt schon; den Zugfahrplan. Denn ich weiß nicht, ob der Zug um fünf vor halb zehn oder um fünf vor zehn abfährt, und ...«

»Liebes, wir haben alle Zeit der Welt«, rief Gloria zurück. »Wir müssen erst um kurz vor elf in Penn Station sein; dann können wir in Ruhe eine Tasse ...«

»Nein, nein«, sagte Rachel ungeduldig, »ich nehme den früheren Zug – hab ich dir das nicht gesagt? –, ich fahre mit Daddy hin.«

»Oh«, sagte Gloria nach einer bedeutsamen Pause. »Nein, das hast du mir nicht gesagt.«

Rachel kaute voll Furcht auf der Lippe. Die unkontrollierten Gefühlsausbrüche ihrer Mutter waren entsetzlich, und das hier konnte sich leicht zu einer heftigen Aufwallung entwickeln. »Also, ich dachte, ich hätte es dir erzählt«, sagte sie. »Ich hätte schwören können, dass ich es dir schon vor längerer Zeit erzählt habe. Spielt doch keine Rolle, oder? Bei der ... na, bei der Trauung und beim Empfang und allem werden wir ja alle zusammen sein.«

Plötzlich erschien ihre Mutter in der Tür, mit dem traurig-ironischen Lächeln einer Tragödin auf den Lippen und in einem herrlichen neuen Kleid, das fast ein Drittel des monatlichen Schecks von Curtis Drake verschlungen hatte.

Gloria war es nicht gewohnt, ruhig zu bleiben, wenn alle anderen Elemente einer unfairen Situation danach schrien, die Beherrschung zu verlieren. Nur selten in ihrem Leben hatte sie sich derartig zurückgehalten und es fertiggebracht, sich zu mäßigen, und jedes Mal hatte sie bald vergessen, wie erhaben und edel sich das anfühlen konnte.

»Natürlich, Rachel«, sagte sie leise. »Ganz wie du willst.«

Doch als sie schließlich allein in dem späteren Zug saß, war von ihrer Erhabenheit und edlen Gesinnung nicht mehr viel übrig. Es ließ ihr keine Ruhe, wie schrecklich ihr billiger alter Wintermantel aussah; sie konnte bloß hoffen, dass sie ihn unauffällig irgendwo hinhängen oder ablegen konnte, bevor sie die Stille der Kapelle betrat. (»Oh, da ist ihre Mutter«, würden die Leute in den Kirchenbänken raunen. »Das ist Rachels Mutter. Sieht sie nicht gut aus?«)

Sie wusste, dass Rachel sich darum kümmern würde, Curtis Drake mit den Shepards und deren Gästen bekannt zu machen – so lief das nun mal, wenn die Eltern der Braut geschieden waren –, doch sie wusste auch, dass sie erst würde durchatmen können, wenn dieser Teil des Tages vorbei und Curtis nach Hause gefahren war. Schon der Gedanke, dass er Charles Shepard die Hand schüttelte, ließ sie zusammenzucken – sich im Zug auf ihrem Platz hin und her winden –, denn Charles war ein hochgewachsener Mann, und Curtis maß nur eins sechzig.

»Klar sind wir gleich groß, Curtis«, hatte sie einmal verärgert zu ihm gesagt, während sie barfuß vor dem Spiegel eines längst vergessenen Schlafzimmers stand. »Komm her. Komm und schau uns an.«

Doch als er ihrer Aufforderung nachgekommen und mit schüchternem, verlegenem Lächeln in Socken neben sie getreten war, hatte sie sofort gesehen, dass sie sich getäuscht hatte: Er war kleiner. Jedes Mal wenn sie hochhackige Schuhe trug, mussten sie völlig lächerlich ausgesehen haben, und die anderen hatten das bestimmt gewusst.

»Eigentlich ist es gar nicht so schlimm, Liebes«, hatte Curtis gesagt. »Der Unterschied ist nur minimal. Du kannst immer noch behaupten, dass wir gleich groß sind, wenn dir das lieber ist.«

Gloria saß kerzengerade und aufmerksam in dem Taxi, das sie am Bahnhof bestiegen hatte, und bemühte sich, so viel wie möglich von der gepflegten Ortschaft zu sehen, die auf beiden Seiten vorbeiglitt. Sie wusste, dass sie nicht erwarten konnte, besonders viel zu Gesicht zu bekommen, denn ein wichtiger Wesenszug dieser Leute hier war ihre Verachtung für jeglichen Pomp; dennoch wurde ihre Neugier mehrmals kurz belohnt. Einmal sah sie zwischen zwei eleganten Steinsäulen einen bläulich weißen Kiesweg, ausgesprochen sauber und breit, doch bevor sie auch nur darauf hoffen konnte, einen Blick auf das Haus zu erhaschen, zu dem er führte, verschwand er in schemenhaft erkennbaren Hecken; und irgendwann sah sie ein Schild mit der Aufschrift Cold Spring Harbor Historical Society, was allein schon befriedigend war.

Die Kapelle war kleiner, als sie erwartet hatte, doch es spielte keine Rolle, da nicht allzu viele Hochzeitsgäste anwesend waren; offenbar hatte man alles in kleinem, würdevollem Rahmen geplant. Charles Shepard saß nur ein paar Meter entfernt, in der vordersten Reihe auf der anderen Seite des Gangs, doch er hatte sie wohl nicht hereinkommen sehen. Und diese schmale, hochschultrige Frau neben ihm war vermutlich seine Ehefrau.

Plötzlich ließ eine elektronische Orgel eine langsame, zittrige Melodie ertönen. Vermutlich hätte Gloria wissen müssen, dass Curtis Drake »die Braut zum Altar führen« würde, dennoch war es ein leichter Schock, die beiden feierlich nebeneinander herschreiten zu sehen. Sie waren selbst für diese Umgebung zu klein, und ihre verlegenen Gesichter glichen sich aufs Haar.

Gloria hatte eine Zigarette zwischen den Lippen und wollte gerade das Streichholz anzünden, als ihr einfiel, dass man in Kirchen nicht rauchen durfte, was sie als schlimme Entbehrung empfand. Wie lange dauerte so eine Zeremonie im Allgemeinen?

Doch schon bald saß sie mit starrem Lächeln auf dem Rücksitz eines Wagens voll wildfremder Leute, der zum Empfang der Shepards fuhr, und das hieß, dass der Tag vielleicht doch noch zu retten war.

Seit ihrem achten oder neunten Lebensjahr vertraute Gloria auf einen hübschen kleinen Trick, den sie nahezu unwillkürlich ausführte, um mit leichten Enttäuschungen fertigzuwerden. Wenn man die glänzende Verpackung eines armseligen oder schlecht gewählten Geschenks öffnete, ließ man sich einfach von seinem Kopf sagen, dass das Vorgefundene genau das sei, was man sich gewünscht habe; auf diese Weise konnte man stets die richtige Reaktion zeigen und sogar selbst daran glauben.

»Ach, wie hübsch«, sagte sie beim ersten, stark enttäuschten Blick auf das Haus der Shepards – klein, unscheinbar, aus braun gestrichenem Holz und auf beiden Seiten von größeren, schöneren, zu nah stehenden Häusern flankiert –, und beim Aussteigen sagte sie es noch mal, damit es auch wirklich stimmte. »Was für ein hübsches Haus.«

Dort würde jetzt eine Feier stattfinden, und vielleicht breitete Charles Shepard die Arme aus, um sie mit einem sittsamen Kuss auf die Wange zu begrüßen.

Doch für einen Empfang waren nicht genug Leute da. Abgesehen von einer Gruppe lachender Gäste, die sich in der Nähe des Getränketischs um Braut und Bräutigam drängten, waren sie so gut wie allein – und Charles hätte seine Arme nicht mal, wenn er gewollt hätte, ausbreiten können, denn er hielt in jeder Hand einen Drink, als er durch das leere Zimmer auf sie zukam.

»Meine Frau kann leider nicht mitfeiern«, sagte er. »Sie fühlt sich nicht gut und ruht sich oben aus.«

»Oh, das tut mir leid«, sagte Gloria. »War sie es, die in der Kirche neben Ihnen saß? In der Kapelle?«

»Nein, das war meine Schwester. Sie wohnt drüben in Riverhead. Seltsam: Obwohl es eigentlich nicht besonders weit weg ist, haben wir uns seit Jahren nicht mehr gesehen.«

»Dann kommt Ihre Familie aus dieser Gegend? Lebt schon seit Generationen hier?«

»Na ja, ›Generationen‹ klingt ein bisschen übertrieben«, sagte er verlegen, als hätte sie sich nach seinen finanziellen Angelegenheiten erkundigt, »aber ja; der väterliche Zweig meiner Familie lebt wohl schon lange hier. Meine Mutter stammt aber aus Indiana; das durchbricht dieses Muster irgendwie; und meine Frau aus Boston.«

»Ich hätte mich wirklich gefreut, sie heute kennenzulernen; Ihre Frau, meine ich.«

»Ja, sie hätte Sie auch sehr gern kennengelernt«, sagte er. »Aber ich bin mir sicher, dass sich das bald ergibt. Schließlich sind wir jetzt irgendwie verwandt. Wir sind eine Familie.«

Diese Bemerkung fand Gloria ausgesprochen nett, und ihr war warm ums Herz, während sie ihn in eine andere Ecke des Zimmers gehen sah. Doch das änderte sich sofort, als sich Curtis Drake schüchtern näherte.

»Gloria«, sagte er.

»Ja; hallo.«

Es war furchtbar. Sie wusste, sie hätte ihn mit »Curtis« anreden sollen, brachte aber den Namen nicht über die Lippen.

»Sieht Rachel nicht hinreißend aus?«, sagte er.

»Ja, stimmt.«

»Natürlich ist das schon immer so, aber wenn man seine Tochter an ihrem Hochzeitstag sieht, wird einem das erst richtig klar. Das macht einen sehr froh und demütig; sehr stolz.«

»Ja. Ja, ich weiß.«

Ach, war das schrecklich; und hätte Curtis nicht in traurigem, beiläufigem Gruß sein Whiskeyglas erhoben und ihr auf der Suche nach einem anderen Gesprächspartner den Rücken gekehrt, wäre es vielleicht noch schlimmer geworden.

Erst als sie im schmutzigen, schaukelnden, ratternden Zug nach New York saß, wurde Gloria klar, dass sie in eine leere Wohnung zurückkehren würde. Da ihre Tochter für immer gegangen und ihr Sohn noch etliche Monate weg war, würde sie jetzt an jedem neuen Tag allein, in Stille, erwachen, ohne je etwas zu tun zu haben.

KAPITEL 6

Nach dem Angriff der Japaner auf Pearl Harbor war Charles Shepard tagelang krank vor Kummer. Er war noch nicht fünfzig; er wusste, wenn seine Augen nicht wären, würden sie ihn beim Militär wieder nehmen. Vorsichtig fuhr er noch mal nach Lower Manhattan, um sich ein anderes, mit stärkeren Gläsern ausgestattetes Modell jener weithin beworbenen Brille zu besorgen; dann meldete er sich zur Musterung, hatte aber kein Glück. Ganz und gar nicht.

Es dauerte mehrere Tage, bis er sich restlos einem anderen Gedanken widmen konnte, den er die ganze Zeit im Hinterkopf gehabt hatte: Ihn würde das Militär wohl nur dann nehmen, wenn alles so schlimm stand, dass die medizinischen Anforderungen gelockert wurden, doch mit ziemlicher Sicherheit würden sie seinen Sohn nehmen. Evan war gesund und geschickt und kräftig: Er würde ein hervorragender Soldat sein und sich vermutlich für die Offiziersausbildung qualifizieren. Es war so gut wie unmöglich, dass er für *diesen* Krieg zu spät nach Übersee kam; und so könnte er als Lieutenant oder sogar als junger Captain dienen, um das Leben seines Vaters zu rechtfertigen.

Aus diesem Grund fühlte sich Charles wieder gut, als er nach Amityville im Süden der Insel fuhr, um Evan und Rachel zum ersten Mal in ihrem neuen Zuhause zu besuchen, das sich als erstaunlich luxuriöse Wohnung mit pfirsichfarbenen Wänden erwies.

»Und was hast du jetzt vor, Evan?«, fragte er, sobald Rachel in der Küche außer Hörweite war. »Meldest du dich zum Militärdienst?«

»Ich glaube schon, ja. Würde ich jedenfalls mit Freuden tun. Aber ich warte lieber noch eine Weile, bis Rachel ein bisschen besser … zurechtkommt. Sie ist schwanger, weißt du? Das haben wir erst diese Woche erfahren.«

»Oh. Das macht die Sache in der Tat kompliziert. Aber das Militär würde sehr großzügig für sie und das Baby sorgen.«

»Das weiß ich, Dad.«

»Ich weiß, dass du das weißt. Und ich weiß auch, dass du das Richtige tun wirst.« Doch im Stillen musste er sich eingestehen, dass er tief enttäuscht war. Während der ganzen Fahrt, die er im Taxi zurücklegen musste, weil er, genauso wenig, wie er je wieder eine Kompanie Soldaten befehligen könnte, nicht mehr selbst fahren konnte, hatte er geglaubt, er habe allen Grund, mit einer besseren Nachricht zu rechnen.

»Kaffee, meine Herren?«, rief Rachel, die mit einem Tablett voll glänzendem Kaffeegeschirr aus der Küche kam, und da war es Zeit, ihr in einer hübschen kleinen Rede zu versichern, wie schön es sei, zu erfahren, dass sie ein Baby bekomme.

»… Es kann ja auch sein«, sagte Evan, »dass ich in dieser Sache gar kein Mitspracherecht habe … Das heißt, wenn ich eingezogen werde.«

»Ja. Nun, das wäre etwas ganz anderes, oder?« Charles spürte, wie sich seine Laune wieder besserte. Es wäre etwas anderes, aber es wäre vielleicht fast genauso gut: Auch Einberufene konnten sich für die Offiziersausbildung qualifizieren.

Erst als er an jenem Nachmittag auf dem Weg nach draußen war und seinen Mantel überstreifte, während sie ihn durch ein pfirsichfarbenes Zimmer nach dem anderen zur Haustür brachten, fiel es Charles ein, eine Frage zu stellen, die sich als äußerst peinlich erwies.

»Wie viel bezahlt ihr für diese Wohnung?«

Evan ließ so sprachlos und feige den Kopf hängen, wie Charles es seit Jahren nicht mehr an ihm erlebt hatte, doch Rachel nannte ihm freudestrahlend den genauen Mietpreis, als wüsste sie nicht, dass es Ärger nach sich ziehen würde.

»Oh«, sagte Charles und spürte den dumpfen Schock, den die Information bei ihm auslöste. »Das ist ziemlich … ziemlich unsinnig, meint ihr nicht? Meinst du nicht, dass es drei- bis viermal so teuer ist, wie ihr es euch leisten könnt, wenn du noch vorhast, Maschinenbau zu studieren? Das ist eine Dummheit, Evan.«

Verärgerung war kein besonders guter Schlusspunkt eines solchen Besuchs – das wusste Charles –, doch er war fest entschlossen, so lange zu warten, bis ihm sein Sohn wie ein Mann in die Augen blickte.

»Ich glaube, ich schaffe das, Dad«, sagte Evan, und zumindest hielt er jetzt den Kopf oben und schaute in die richtige Richtung. »Uns gefällt's hier nun mal, weißt du? Uns gefällt's hier sehr gut.«

Im März erhielt Evan seinen Musterungsbescheid.

Rachel bemühte sich, tapfer zu sein, denn so wurden junge Ehefrauen im Kino gezeigt, doch als sie der schmerzlichen Aufgabe nachging, ihm das Frühstück zu machen, war sie den Tränen gefährlich nahe. Sie hatte fast das Gefühl, als sei der Tag seines Armeeeintritts schon gekommen oder gar der Tag, an dem man ihn nach Übersee schickte.

Doch es war bloß der Tag, an dem er splitternackt inmitten Hunderter anderer nackter Männer in einer riesigen Turnhalle sein musste, jeder eine mit Lippenstift aufgemalte Ziffernfolge auf der Brust und seine »persönliche Habe« in einem kleinen Baumwollbeutel um den Hals geschlungen. Es dauerte nicht sehr lange, denn die Ärzte arbeiteten schnell, dennoch hatte Evan genug Zeit, um an der Vorstellung, Soldat zu sein, die sich in seine Gedanken drängte, überraschend Gefallen zu finden.

Er war überzeugt, den Härten und Beschämungen der Grundausbildung, die als der schlimmste Teil galt, standhalten zu können; er wusste, er konnte lernen, die Durchschlagskraft seines sauberen, geölten, gewichtigen, ausgewogenen M-1-Gewehrs zu lieben, und jetzt konnte er sich auch vorstellen, alles Übrige haben zu wollen: Helm, Marschgepäck und Patronengurt, die auf einer Gesäßbacke hängende Feldflasche; die Segeltuchgamaschen unter den hochgeschnittenen Militärstiefeln befestigt.

Er konnte geradezu das übermütige Gerede und Gelächter in der Kaserne und das schrille, schallende Kommando zum Gleichschritt hören, wenn sein Zug vor Sonnenaufgang zum Schießstand marschierte – und er wusste, er würde jede sich bietende Gelegenheit ergreifen, um nachts in den Bars und Hotels öder Provinzstädte mit entzückenden, kecken Landpomeranzen auf den Putz zu hauen.

Irgendwann würde er eine Seereise auf einem lächerlich überfüllten Truppentransportschiff antreten; dann würden eine lange Fahrt, ein langes Warten und ein langer, von Hunger geprägter Marsch auf zerstörten ausländischen Straßen an die Front folgen; so würde er schon bald herausfinden, was es hieß, »zu kämpfen«; und das wollte er auch.

»Shepard, Evan C.?«

Er wurde aus seiner Kolonne ausgesondert, wieder zurückgeholt und einer zweiten, akribischeren Untersuchung des Innenohrs unterzogen. Als das erledigt war, setzte sich der Arzt an einen Tisch, nahm ein halbes Salamisandwich in die eine und einen Füller in die andere Hand, schrieb »Untauglich« auf einen Vordruck und biss gierig in das Brot. Offensichtlich konnte er gleichzeitig schreiben und reden, denn während er ein oder zwei Sätze zu Papier brachte, erklärte er alles, noch bevor Evan eine Frage stellen konnte, und die Brotkrümel spritzten ihm von den Lippen.

»Trommelfellperforation«, sagte er kauend. »Und ich würde es gar nicht erst bei der Navy oder beim Marine Corps versuchen; ersparen Sie den Leuten lieber die Mühe. Mit solchen Ohren werden Sie dort nicht genommen.«

»Oh, Gott sei Dank«, sagte Rachel andächtig, als er mit der Neuigkeit nach Hause kam. »O Gott, ich bin ja so froh und erleichtert, du nicht auch?«

Er wusste nicht, was er antworten sollte (tja, vielleicht; vielleicht nicht; ja und nein); deshalb sagte er gar nichts. Er machte ein kaltes Bier auf und setzte sich damit hin, wohl wissend, dass er etwas Zeit und Ruhe brauchen würde, um sich über alles klar zu werden. Als er sich umblickte, hatte er das Gefühl, als sei die große Wohnung geschrumpft. Sie kam ihm so beängstigend vor wie die Wohnung, in der er vor Jahren mit Mary Donovan in Huntington gelebt hatte, nur dass die Miete hier mehr als dreimal so teuer war.

»Willst du deinen Vater denn nicht anrufen, Liebling?«, fragte Rachel. Seit ein, zwei Wochen vor ihrer Hochzeit nannte sie ihn »Liebling«, und anfangs hatte er das hinreißend gefunden; doch in letzter Zeit fragte er sich, ob sie es nicht übertrieb.

»Im Moment nicht«, sagte er. »Ich rufe ihn später an.«

»In Ordnung. Ach, ich kann's kaum erwarten, meiner Mutter davon zu erzählen, und Daddy würde ich auch gern anrufen.« Und schon lief sie durchs Zimmer zum Telefon.

»Nein, lass das«, sagte er in so scharfem Ton, dass sie stehen blieb und kehrtmachte.

»Aber sie werden sich total freuen, Evan.«

»Hör mal: Setz dich einfach, okay?«, sagte er. »Setz dich. Na los.« Und es klang wie ein Befehl, den man einem aufgeregten, wohlerzogenen Hund gab, doch sie gehorchte ihm.

Hätte er je so mit Mary Donovan gesprochen, hätte sie wohl die Hände in die Hüften gestemmt und ihm gesagt, er solle sich zum Teufel scheren; aber das war eben der Unterschied zwischen Jugend und Erwachsensein. Als Jugendlicher hatte er es mit einem stolzen, reizbaren Mädchen zu tun; jetzt, als Erwachsener, hatte er sich das Recht auf eine Frau erworben, die so friedlich war wie die Frauen anderer Männer.

Dennoch, überall auf der Welt verabschiedeten sich andere Männer gerade von ihren Frauen. Andere Männer waren jetzt in ein äußerst gefährliches Abenteuer verwickelt, ohne eine Ahnung, wie lange es dauern mochte, aber das war ihnen gleichgültig. Keiner von ihnen war bereit zu sterben, doch sie wussten alle, dass ihr Tod durchaus möglich war; und das würde jeden Augenblick ihres Lebens entflammen.

Und wenn diese anderen Männer – oder die meisten von ihnen – zurückkehrten, würden sie gegenüber Evan Shepard einen entschiedenen Vorteil haben. Vermutlich würden sie ihn ansehen, als sei er es nicht wert, sich mit ihm abzugeben, so wie ihn die Polizisten in der Nacht angesehen hatten, in der er wegen Erregung öffentlichen Ärgernisses festgenommen worden war. Falls sie überhaupt mit ihm redeten, dann in herablassendem Ton, und nur selten würden sie seine Antwort abwarten. Ganz egal welch ausgeklügelte Friedensstrukturen sie nach dem Krieg auf dieser Welt erschaffen würden, stets würde es den Anschein haben, als dienten diese keinem anderen Zweck, als ihn auszuschließen.

Deshalb war eines klar: So durften sie ihn keinesfalls vorfinden. Evan Shepard war aufgeschmissen, wenn sie sahen, wie er eine Stechuhr drückte, seine Thermoskanne Kaffee und sein kleines braunes Lunchpaket hätschelte, den ganzen Tag geistlose Handlangertätigkeiten verrichtete und dann in einem lächerlich billigen alten Auto zu dieser lächerlich teuren Wohnung fuhr.

Er musste irgendwas unternehmen, schon bald; doch zuerst musste er seinen Vater anrufen.

Charles telefonierte in der Küche, während er das Abendessen zubereitete.

»Oh«, sagte er. »Tja, das ist … das ist wirklich schade, Evan. Ich kann mir vorstellen, wie enttäuscht du bist, und es tut mir leid … Trommelfellperforation; oh, ja. Das war schon immer eine schwierige Sache. Die Medizin geht davon aus, dass man dann für viele leichte Infektionen anfällig ist und es sich für das Militär nicht lohnt, die Verantwortung für so was zu übernehmen.«

Großer Gott, und wo lohnte es sich für das Militär, Verantwortung zu übernehmen? Wie verhielt es sich mit einem Jungen, der nicht glauben konnte, dass der Erste Weltkrieg vorbei war? Oder mit einem Mädchen, das weder in Fort Devens noch in Fort Dix, Fort Benning oder Fort Meade schlafen konnte?

Herrgott, das Militär war ein Luder, ein Flittchen und eine Hure. Dem Militär war es egal, ob man es liebte oder nicht.

Charles war gezwungen, das Telefon für einen Augenblick hinzulegen – er musste auf dem Grill zwei brutzelnde Schweinekoteletts wenden und dann bei einem schäumenden Topf kochender Salzkartoffeln die Hitze herunterschalten –, und als er den Hörer wieder ergriff, waren ihm ein paar aufmunternde Worte eingefallen.

»Aber schau mal, Evan«, begann er. »Das Ganze hat auch etwas Positives. Jetzt, und solange Krieg ist, werden die Colleges den Zugang deutlich erleichtern. Sie müssen sich Gedanken machen, wie sie die Studentenzahlen hoch halten können, weißt du, und ich denke, dass sie bei ihren Stipendienprogrammen und allem sehr großzügig sein werden. An deiner Stelle würde ich jetzt das Maschinenbaustudium anvisieren und mich durch nichts davon abbringen lassen.«

Erst da fiel ihm ein, dass Rachel schwanger war – vielleicht musste die Nachricht von einer Schwangerschaft in Wellen über einen hereinbrechen, bis man sie endlich begriff –, und so fragte er sich, ob all das Gerede vom College inzwischen nicht sinnlos war. Ein Student mit einem knackigen berufstätigen Frauchen war das eine; aber wie stand es um einen Studenten mit Frau und Kind?

Trotzdem nahm er den gerissenen Faden seiner Argumentation wieder auf, denn er war noch nicht bereit, davon abzulassen. »Ich denke, als Erstes solltest du dir mit Rachel eine billigere Wohnung suchen, die hohe Mietbelastung loswerden. Dann ein Sparkonto eröffnen und regelmäßig jeden Monat so viel beiseitelegen wie möglich. Wenn du gewissenhaft bist und dein Ziel nicht aus den Augen verlierst, Evan, dürfte es dir eigentlich nicht schwerfallen, so einen Plan auszuführen …«

Doch Charles hatte längst das Vertrauen in seine eigene Stimme verloren. Ihm gefiel nicht, dass er wie ein heuchlerischer Sporttrainer klang; er war sich nicht sicher, ob ein Satz wie »Verlier dein Ziel nicht aus den Augen« tolerierbar war, außer als lächerliche Ermahnung in einer Komödie für Kinder; er ärgerte sich über Rachels Schwangerschaft; und je länger er nachdachte, umso bitterer war er enttäuscht über die Trommelfellperforation. Manchmal wuchs ihm alles einfach über den Kopf.

Er hatte die Küchenfenster erst gestern geputzt, lange und gründlich, und an diesem Abend warf eine der großen schwarzen Scheiben ein schonungsloses Spiegelbild von ihm zurück: erstaunlich alt, erstaunlich hager, sein Blick so verwirrt wie in seiner Kindheit. Er hätte in einer kleinen Zeremonie der Selbstbezogenheit und Selbstverachtung am Fenster verweilen können, doch er hatte anderes zu erledigen. Er musste Kartoffeln stampfen, die Schnittbohnen abgießen, die Schweinekoteletts servieren und Grace mitteilen, dass das Essen fertig war.

Kurz vor der Glasveranda kam ihm der Gedanke, dass Grace wahrscheinlich »O Gott, wie wunderbar« oder »Ach, das ist ja fantastisch« sagen würde, wenn sie von Evans Untauglichkeit erfuhr, und damit lag er richtig. Sie sagte beides.

Rachels Lieblingsradiosendung war eine allwöchentliche Serie halbstündiger Westerndramen mit dem Titel *Death Valley Days*.

»Denn ich meine, es ist wirklich nicht bloß so ein Cowboykram«, erklärte sie immer. »Es sind tolle, gut geschriebene kleine Hörspiele, und es ist auch sehr gut gesprochen. Ich weiß gar nicht, wie sie Woche für Woche so ein hohes Niveau halten können.«

Aber *Death Valley Days* begann um sieben Uhr, da saßen die jungen Shepards in Amityville stets beim Abendessen, und das hieß, dass am Tisch nicht geredet werden konnte, während die beiden in aller Ruhe aßen und dem kleinen Plastik-Philco lauschten, das Rachels Vater ihr zum sechzehnten Geburtstag geschenkt hatte.

Für Evan klang es jedes Mal bloß wie Cowboykram; trotzdem hatte er wochenlang gebraucht, um zu dem Schluss zu kommen, dass es ihn nicht störte. Ein gelegentliches Redeverbot konnte jeder Ehe zugutekommen. Außerdem war Rachel auf kleine, wiederkehrende Rituale angewiesen – das war eins der Dinge, die er über sie herausgefunden hatte, und seine Fähigkeit, eine so spezifische Eigenschaft zu erkennen, machte ihn stolz auf seine eigene Empfindsamkeit.

Eines Abends im April, nach einem lakonischen letzten Cowboydialog und bezeichnendem Pferdewiehern, schaltete Rachel das Radio aus, ohne die Titelmusik am

Schluss abzuwarten, und sagte: »Na, das war ja nicht gerade eine der besseren Folgen, was?«

Sie räumte das Geschirr ab; diese Aufgabe verrichtete sie wie eine tüchtige junge Kellnerin, und sie setzte sich ein bisschen in Szene, um zu zeigen, wie geschickt und anmutig sie sein konnte. Dann brachte sie ihrem Mann den Kaffee ans Sofa, in gedämpftem Lampenlicht, setzte sich mit ihrer eigenen Tasse neben ihn und zündete sich eine Zigarette an, die in ihren Fingern etwas seltsam aussah, weil sie noch nicht richtig gelernt hatte, damit zu hantieren. Das war einer der Momente, auf die sich Evan im unablässigen Gedröhn und grellen Licht der Werkzeugmaschinenfabrik stets den ganzen Tag freute.

»Liebling, ich muss was mit dir bereden, das hab ich versprochen«, sagte Rachel. »Aber lass es mich so ausdrücken: Wenn du dafür nichts übrighast, müssen wir nicht weiter darüber sprechen. Dann vergessen wir's einfach, okay?«

»Okay, aber wart mal.« Er betrachtete sie mit diesem langen, zärtlichen, neckenden Lächeln, das sie allmählich nervös machte. »Weißt du, was du tust?«, fragte er. »Du benutzt immer dieselben kleinen Wendungen.«

»Wirklich?« Sie wirkte besorgt. »Wie meinst du das?«

»Na ja, du sagst ›Lass es mich so ausdrücken‹ oder ›dafür nichts übrighaben‹ – das sind nur zwei Beispiele, aber ich könnte wahrscheinlich noch jede Menge andere nennen.«

»Oh«, sagte sie. »Das dürfte dann wohl … ziemlich langweilig für dich sein, oder?«

»Ach, komm, Schatz, von ›langweilig‹ war doch gar nicht die Rede. Wer hat denn ›langweilig‹ gesagt?« Er befürchtete, sie könnte das Ganze viel zu ernst nehmen, deshalb streckte er die Hand aus, um ihr durchs Haar zu streichen oder es zu zerzausen, doch daraus wurde nichts, weil sie gerade erst beim Friseur gewesen war und nicht wollte, dass es in Unordnung geriet.

»Nein, aber trotzdem«, sagte sie, nachdem sie sich geduckt und seine Hand weggeschoben hatte, »tun das nicht alle? Eine bestimmte Redeweise entwickeln? Du doch auch.«

»Nee, Moment mal; das ist albern. Du willst bloß ...«

»Aber es stimmt, Evan. Du auch. Du sagst ständig ›ein entschiedener Vorteil‹ – nie ein ›deutlicher‹, ein ›eindeutiger‹ oder ein ›klarer‹ Vorteil –, o ja, so ist es, und ganz oft sagst du ›nee‹ statt ›nein‹, und immer, einfach immer, sagst du ...«

Doch inzwischen spielte es keine Rolle mehr, was einer von ihnen sagte oder gesagt haben sollte, denn eine Fortsetzung des Gesprächs kam nicht in Betracht. Nachdem sie ihr Kaffeegeschirr auf dem Couchtisch in Sicherheit gebracht und die Zigaretten hastig ausgedrückt hatten, lagen sich die jungen Shepards aus Amityville in den Armen.

Zunächst schien das Sofa als Bett auszureichen; doch dann schob Evan den Couchtisch mit dem Fuß so weit weg, dass er seiner sich windenden, keuchenden Frau vorsichtig auf den Teppich hinabhelfen konnte.

»Oh«, sagte sie. »Oh, Evan, hör nicht auf.«

»Ach, tu ich nicht, Liebes«, versprach er, »das weißt du doch. Ich hör nie mehr auf.«

Und auch wenn sie sich nur selten Gedanken darüber machten, war beiden klar, dass die Intimsphäre dieser pfirsichfarbenen Wohnung ihren Preis immer wert sein würde, solange sie ihnen gelegentlich die Möglichkeit bot, auf dem Boden zu bumsen.

Erst als sie sich ein, zwei Stunden später im Bett aufsetzten und zwei Flaschen Bier öffneten, schnitt Rachel das Thema an, das sie mit ihm hatte besprechen wollen. Sie sagte, in Cold Spring Harbor sei ein Haus zu haben, in dem sie jede Menge Wohnfläche und sogar ein Extrazimmer fürs Baby hätten und für das sie nicht mal ein Drittel ihrer derzeitigen Miete bezahlen müssten; doch die Sache habe einen Haken.

»Du bist unglaublich, Rachel, weißt du das? Wie hast du das rausgefunden?«

»Moment ... dazu komme ich gleich. Der Haken ist, dass wir nicht richtig ungestört wären. Wir müssten uns das Haus mit jemandem teilen, weißt du? Wir würden es uns mit zwei ... mit zwei anderen Leuten teilen.«

»Ach?« Evan runzelte die Stirn und pulte nachdenklich das Etikett seiner Bierflasche ab. »Aber trotzdem, das muss ja nicht unbedingt so schlecht sein. Weißt du, wer die beiden anderen Leute sind?«

»Dazu komme ich gleich. Lass mich einfach zu Ende erzählen, okay?« Sie holte tief Luft. »Es ist nämlich so, dass das Ganze die Idee meiner Mutter ist. Wir würden uns das Haus mit ihr teilen, weißt du, und mit meinem Bruder, wenn er in den Ferien nach Hause kommt.«

Evan brachte seine ganze Enttäuschung in einer einzigen bekümmerten Silbe zum Ausdruck: »Oh.«

»Tja, ich hab ja gesagt, dass es dir vermutlich nicht gefällt, Evan, oder? Hab ich das nicht von Anfang an klargemacht? Wenn du willst, können wir das Thema einfach fallen lassen.«

Doch als sei das Thema noch zu unversehrt und zu zerbrechlich, um es fallen zu lassen, sagte sie einen Augenblick später: »Ich wünschte bloß ...«

»Du wünschtest bloß was?«

»Ach, ich wollte nur sagen, dass ich wünschte, ich müsste sie morgen nicht anrufen und es ihr erzählen, das ist alles. So was nimmt sie sich sehr zu Herzen. Sie wird ›verletzt‹ sein. Sie würde so gern in Cold Spring Harbor wohnen, weiß aber, dass sie sich dieses Haus nicht allein leisten kann, deshalb wird sie ›verletzt‹ sein; und außerdem glaubt sie, *uns* damit einen großen Gefallen zu tun, weißt du, also wird sie auch deshalb ›verletzt‹ sein. Sie ist unmöglich. Ich meine, sie ist meine Mutter, und ich liebe sie und so, aber sie ist wirklich sehr, sehr ...«

»Oh, ich weiß, Liebes«, sagte Evan leise.

»Gott, und jetzt rede ich drüber, obwohl ich gesagt hab, ich würde es nicht tun. Tut mir leid. Tut mir leid.«

»Ist schon in Ordnung. Macht mir nichts aus.«

»Sie ist wirklich irgendwie ... verrückt, Evan. Das meine ich ernst. Sie ist schon immer verrückt. Ach, ich denke nicht, dass irgendwer sie ins Irrenhaus einweisen soll oder so, aber sie ist verrückt. Ein Leben lang hatte sie immer wieder Pläne für eine neue Wohnung, und sie hat wohl tatsächlich geglaubt, wir würden dort glücklicher sein, jedes Mal. Ist das nicht verrückt? Oh, und sie hat immer gesagt, mein Vater wäre ein ›Feigling‹, weil er beruflich nicht vorankam; auch das ist verrückt.«

Noch während Rachel redete und ihrer eigenen Stimme lauschte, wurde ihr allmählich klar, dass die Freude, die es einer erwachsenen Frau bereitete, ihre Mutter herabzusetzen, vielleicht etwas Universelles hatte. Vielleicht kam das bei Söhnen und ihren Vätern auch vor oder bei allen erwachsenen Kindern und der stetig abnehmenden Anwesenheit der Eltern in ihrem Leben; jedenfalls hinderte dieses Wissen sie nicht daran weiterzumachen, als wollte sie sehen, wie weit sie zu gehen wagte.

»... Und sie riecht auch nicht besonders gut.«

»Was tut sie nicht?«

»Besonders gut riechen. Wahrscheinlich ist es schrecklich, so was über meine eigene Mutter zu sagen, aber es stimmt. Kann sein, dass sie nicht oft genug badet oder beim Baden vergisst, Seife zu benutzen, aber solange ich denken kann, fürchte ich mich davor, ihr nahe zu kommen. Und soll ich dir was Witziges sagen, Evan? Bis jetzt habe ich noch keiner Menschenseele davon erzählt.«

»Gut«, sagte er. »Mir gefällt es, wenn wir uns alles Mögliche erzählen.«

»Sie riecht nach ... verfaulten Tomaten«, sagte Rachel in zaghaftem, zögerlichem Ton und verzog das Gesicht bei dem Versuch, einen treffenden Vergleich zu finden, »oder vielleicht eher nach alter, ranziger Mayonnaise.«

Die Freude an der Herabwürdigung ihrer Mutter ließ schnell nach – vielleicht ließ sich so etwas nicht besonders lange aufrechterhalten –, und außerdem wollte sie auf die völlig unerwartete Bemerkung zurückkommen, die ihr Mann gerade gemacht hatte: »Mir gefällt es, wenn wir uns alles Mögliche erzählen.«

Sollte nicht eher die Frau so etwas freiheraus Ungeschütztes sagen? Doch man sah es noch immer in Evans Augen, und das genügte, um sie kribbelig zu machen. Hätte er es nicht zuerst ausgesprochen, hätte sie sogar versuchen können, ihn dafür zu loben oder sich irgendwie zu bedanken.

»Was glaubst du, wie deine Mutter diese Wohnung gefunden hat?«

»Oh, wahrscheinlich durch eine Zeitungsanzeige: Sie liest immer den Immobilienteil. Das macht sie schon eine Ewigkeit.«

»Klingt aber seltsam, oder, dass ein so großes Haus so preiswert sein soll? Und dann noch möbliert?«

»Na ja, sie hat gesagt, die Möbel machen nicht viel her, aber es soll ganz ›geschmackvoll‹ sein. Oh, und das ist seltsam, Evan: Sie hat gesagt, das Haus ist ›sehr schön gelegen‹, doch damit meint sie wohl bloß, dass es nicht weit zum Haus deiner Eltern ist. Ist es nicht irgendwie … peinlich, wie sehr sie in deinen Vater verschossen ist?«

»Ja, das stimmt wohl.«

»Jedenfalls hab ich mir die Adresse und den Namen des Maklers notiert, auch wenn ich nicht wirklich geglaubt habe, dass du …«

»Vielleicht sollten wir's uns mal ansehen, oder?«, sagte Evan. »Und ich meine, mein Gott …« Er stieß ein kurzes, selbstironisches Lachen aus. »Gott, meinem *Vater* würde das todsicher gefallen, was?«

Als sie aus dem Wagen stiegen und zu dem Haus hinaufgingen, an dem das Herz ihrer Mutter hing, kam Rachel das Wort »marode« in den Sinn: Es war lang, zweistöckig, mit weißen Brettern verkleidet, das Dach mit schwarzen Pappschindeln gedeckt. Es glich den anderen billig gebauten Häusern im Ort, doch die vielen Büsche und Bäume machten sein kantiges Erscheinungsbild erträglicher, da man nicht alles auf einmal sah.

»Drinnen ist jede Menge Platz«, sagte der Makler, steckte seinen Schlüsselbund in die Tasche und blieb zurück, um den jungen Leuten den Vortritt zu lassen.

Die Innenwände sahen wie eine Notlösung aus – große hellgraue Isolierplatten, umrahmt und befestigt mit schmalen Holzleisten, an denen noch die Köpfe der eingehämmerten Nägel zu sehen waren –, doch es waren die gleichen Wände, die Evans Eltern in ihrem Haus hatten, deshalb entschied sich Rachel, nicht darauf hinzuweisen.

Und tatsächlich war jede Menge Platz. Allein das Erdgeschoss war so geräumig, dass vier Leute dort wohnen konnten, ohne viel miteinander zu tun zu haben; und oben wirkte das Gefühl absoluter Ungestörtheit gänzlich überzeugend.

Ihr Schlafzimmer, mit dem kleinen Zimmer fürs Baby direkt nebenan, war fast schon eine eigenständige

Wohnung. Auf zwei Seiten befanden sich große Fenster, und es gab einen kleinen Kamin, der in Rachel lebhafte erotische Bilder heraufbeschwor. Sie konnten, wann immer sie Lust darauf hatten, bei Feuerschein auf dem Kaminvorleger bumsen, wo die Flammen und Schatten jede kleine Bewegung ihrer Körper dramatisierte.

»Der Kamin gefällt mir«, sagte sie zu Evan, »und dir?«

»Ja, das ist ein hübscher Vorteil.«

»Du meinst ein ›entschiedener‹ Vorteil«, sagte sie, woraufhin er ihr zuzwinkerte und sie umarmte, während der Makler diskret wegschaute.

Rachel würde sich stets daran erinnern, dass es dieser Kamin mit dem ausreichend großen Teppich war, der sie beide vom Plan ihrer Mutter überzeugte.

KAPITEL 7

Am Ende von Philip Drakes erstem Schuljahr an der Irving School prangte an einem Ellbogen seines Tweedjacketts ein faustgroßes Loch. Er konnte es nicht flicken lassen, denn es war das einzige Jackett, das er besaß, und dieses kleine Dilemma schien völlig im Einklang zu stehen mit einer größeren Hoffnungslosigkeit.

»Ah, Drake, du bist ein hoffnungsloser Fall«, hatte man ihm mehrfach überflüssigerweise gesagt, oft kurz bevor er eine publikumswirksame Demütigung über sich ergehen lassen musste, die jeweils schlimmer ausfiel als die vorherige. Vom ersten redseligen, zu optimistischen Tag in Irving an hatte er immer wieder vergeblich versucht, sich nicht wie ein Trottel zu verhalten; und was für ein Leben einen Trottel in der Prep-School erwartete, wusste jeder. Den ganzen Herbst und Winter hindurch war seine Hoffnungslosigkeit fast absolut gewesen, und am schlimmsten war, zu wissen, dass er selbst die Schuld trug: Er hatte »es herausgefordert«, wie die anderen Jungen nicht müde wurden, ihm unter die Nase zu reiben.

Mit dem Nahen des Frühlings hatte sich seine Situation überraschend verbessert: Er wurde immer seltener zur Zielscheibe des Gespötts, und es gelang ihm sogar, zwei, drei akzeptable Freunde zu finden. Er hatte Grund zu der Annahme, dass im nächsten Jahr alles besser werden würde (und »nächstes Jahr« barg für jeden Schüler stets das leuchtende Versprechen einer Erneuerung), doch zuerst musste er einen ganzen Sommer zu Hause verbringen, und »zu Hause« war für Phil Drake inzwischen ein ebenso zweifelhafter, trügerischer Ort wie der Schlafsaal, in den er im letzten September redselig und lächelnd hineingestolpert war.

Es hätte ihm nichts ausgemacht, in die letzte Wohnung seiner Mutter zurückzukehren, die in der Hudson Street mit dem abblätternden Putz, den Türen, die sich nicht richtig schließen ließen, und dem schönen Spiegel, in dem man nach Spuren längst überfälligen Erwachsenseins suchen konnte; diese Wohnung hatte vielleicht nicht viel hergemacht, doch sie war etwas, das er kannte. Und in Bezug auf Cold Spring Harbor konnte er bloß voraussagen, dass seine Schwester dort für ihn unerreichbar sein würde – eine verheiratete, schwangere Frau – und er irgendwie mit dem wortkargen, einschüchternden Fremden, mit dem sie verheiratet war, Frieden schließen musste.

Nach den geschmeidigen, leisen Eisenbahnen New Englands empfand er den schaukelnden, ratternden Zug auf Long Island als nervenaufreibend. Er konnte das Ende der Fahrt kaum abwarten, und so war er bereit – noch bevor der Schaffner »*Cold* Sp'ng Harb« rief, stand er mit dem aus dem Gepäcknetz geholten Koffer in der

Hand im Gang –, oder zumindest so bereit, wie man es vernünftigerweise erwarten konnte.

»Philly!«, rief seine Mutter und kam durchs Wohnzimmer des langen, seltsam gebauten Hauses geeilt. »Oh, du siehst ja großartig aus. Ach, ich will mich an deinem Anblick weiden.«

Normalerweise wollte sie sich erst nach ein paar Drinks an seinem Anblick weiden, doch dafür war es wohl noch zu früh am Nachmittag; aber vielleicht hatte sie sich hier auf dem Lande auch angewöhnt, den ganzen Tag zu trinken.

»Was ist denn mit deiner Jacke, Schatz?«

»Meiner was?«

»Deinem schönen Tweedjackett. Es sieht irgendwie ganz … speckig aus.«

»Es ist bloß ziemlich schmutzig. Wenn man nur eins davon hat, kann man es nicht in die Reinigung bringen, weißt du, denn man muss es ja jeden Tag tragen.«

»Dreh dich mal um«, forderte sie ihn auf, und als sie das Loch im Ärmel sah, sagte sie: »Ach, was für eine Schande! Hör zu: Ich sag dir, was wir machen. Wir lassen es gleich chemisch reinigen und schöne Lederflicken auf die Ellbogen nähen. Was hältst du davon?«

Er bemerkte kaum den Überdruss in seiner Stimme, als er sagte, das wäre gut.

»Rachel brennt darauf, dich zu sehen. Sie liegt oben im Bett. Oh, es ist nichts Ernstes; bloß eine kleine Schwangerschaftskomplikation, und der Arzt wollte, dass sie sich ein paar Tage ausruht. So. Nimm deinen

Koffer, dann bring ich dich rauf in dein Zimmer ... Ach, ich hoffe inständig, dass es dir gefällt, Schatz, denn als ich es zum ersten Mal sah, dachte ich: ›Das ist genau das Richtige für Philly.‹«

Das Treppenhaus war von den gleichen Isolierplatten umschlossen, die auch die übrigen Wände bildeten; vermutlich war das auf Long Island eine spezielle Billigbauweise.

»Das ist schön«, sagte er über sein Zimmer. »Wirklich; es ist sehr hübsch.«

»Ach, ich bin so froh«, sagte sie, »dass es dir gefällt. Guck mal, wie groß der Wandschrank ist. Und jetzt musst du dir mal *mein* Zimmer auf der anderen Seite des Flurs anschauen.«

Nachdem er es betreten und sich umgeblickt hatte, versicherte er ihr aufs Neue, dass alles schön sei. Dann führte sie ihn ans andere Ende des Flurs, wo sie zu einer geschlossenen verglasten Tür kamen, die außen von einer getupften Gardine verdeckt war.

»Einen Moment, Schatz«, sagte seine Mutter. »Könnte sein, dass sie schläft. Ich seh mal nach.« Sie schob die Gardine mit dem Zeigefinger zur Seite, spähte ins Zimmer und sagte: »Oh, gut; sie ist wach.« Dann klopfte sie an eine der Scheiben und rief: »Rachel? Dein wunderbarer Bruder ist da. Kann er reinkommen?«

»Na klar.«

Seine Schwester saß in die Kissen gelehnt im Bett und legte ein Buch zur Seite, das wie ein Kriminalroman aussah. Sie zog die Decke hoch, als wollte sie ihren Schwangerschaftsbauch verbergen, doch als sie die Hände ausstreckte, um Phil zu umarmen, bekam er ihn flüchtig zu sehen, unerwartet groß und rund unter dem dünnen Stoff ihres Nachthemds.

»Hol dir den Stuhl da und setz dich zu mir, Phil«, sagte sie. »Ach, ich hab dich so lange nicht gesehen.«

Sie wollte »alles« über sein Jahr an der Schule wissen, und er gab ihr eine rasche, sorgfältig gekürzte Zusammenfassung, die den Eindruck erwecken sollte, dass er sich gut amüsiert hatte, und schloss mit einer Anekdote, die so witzig war, dass Rachel lachen musste. Ihre Mutter blieb noch ein Weilchen lächelnd in der offenen Tür stehen, als hoffte sie, in das Gespräch mit einbezogen zu werden; dann ging sie wieder nach unten.

»... Ach, das ist nicht der Rede wert«, sagte Rachel über ihren Zustand. »Bloß eine dumme kleine Blasenentzündung, aber mein Arzt will anscheinend, dass ich so lange im Bett bleibe, bis er ein ganzes Regal voller Urinproben hat. Zuerst hat er mir rote Pillen gegeben, da waren die Proben rot; dann hat er mir blaue Pillen gegeben, da waren sie blau; und immer so weiter. Ich glaube, er hört erst auf, wenn er alle Regenbogenfarben beisammenhat. Nein, im Ernst, mir geht's gut. Hab mich noch nie besser gefühlt.«

Ihr strahlendes Gesicht machte es einem leicht, das zu glauben. Ihm fiel auf, dass sie sich in dem einen Jahr verändert hatte: Auf fast unmerkliche Art war sie älter und hübscher geworden, und er fragte sich, ob alle Mädchen sich so verwandelten, wenn sie anfingen, Sex zu haben.

»Ihr habt ein schönes großes Zimmer«, sagte er.

»O ja.«

Er stand auf und stellte den Stuhl wieder an seinen Platz zurück. Dann sagte er: »Mein Zimmer ist auch schön. Und das Haus ist wohl ein ziemliches Schnäppchen, oder? Was glaubst du, wie sie es gefunden hat?«

»Na ja.« Rachel warf ihm einen kurzen, vielsagenden Blick zu. »Es dürfte hilfreich sein, wenn man ein Leben lang den Immobilienteil liest, oder?«

Nur selten erlaubten sich die Drake-Kinder, auf Kosten ihrer Mutter zu lächeln oder sich zuzuzwinkern – alles, was darüber hinausging, hätten sie als Sakrileg betrachtet –, doch beide dachten, dass es gut wäre, wenn sie einmal aus sich herausgehen könnten. Dann brächten sie es vielleicht sogar fertig, über so etwas wie ihren Geruch zu sprechen.

»Nein, aber das Hauptproblem hier ist die Feuchtigkeit«, sagte Rachel gerade. »Ist dir das aufgefallen? Im ganzen Haus ist es feucht. Das haben wir alle erst nach dem Einzug gemerkt, aber jetzt gibt es kein Entrinnen mehr. Und Evan kann feuchte Häuser nicht ausstehen.«

Als Phil wieder in seinem eigenen Zimmer war und seine Sachen auspackte, die wild ducheinandergewürfelt in seinem Koffer lagen, meinte er, die Feuchtigkeit zu bemerken – einen schwachen Schimmelgeruch in der Luft –, doch er glaubte weder, dass das hier das Hauptproblem war, noch, dass seine Schwester es so empfand. Das Hauptproblem, das Entscheidende an diesem Haus, vor dem es kein Entrinnen gab, der Teil der Vereinbarung, den Evan Shepard bestimmt über alles hasste, war, dass sie mit Gloria Drake unter einem Dach wohnen mussten.

Weil es nichts anderes zu tun gab, ging er nach unten und setzte sich eine halbe Stunde ins Wohnzimmer, erst in den einen tiefen Sessel und dann, völlig grundlos, in einen anderen. Seine Mutter war vermutlich in der Küche, und er hoffte, sie würde dort bleiben, auch wenn das hieß, dass sie noch mehr trinken würde. Inzwischen fiel es ihm schwer, sich an die Zeiten in Irving zu erinnern, in denen er sich vor lauter Heimweh so nach ihr gesehnt hatte wie mit sieben oder acht Jahren.

Als der alte Kater aus dem Flur hereingeschlichen kam, sagte Phil: »Hallo, Perkins; komm mal her.« Er hob ihn hoch, hielt ihn mit beiden Händen fest und rutschte so weit im Sessel zurück, dass er die Fersen auf den Rand der Sitzfläche stellen konnte, wie Kinder es manchmal tun; dann zog er das Tier an sich und gab ihm einen Kuss auf die Nase.

Plötzlich blickte er auf und sah, dass Evan Shepard im Zimmer stand und ihn beobachtete.

Sofort ließ er die Katze auf den Boden fallen, stand mit wildem Gestrampel so schnell wie möglich vom Sessel auf und sagte: »Oh, hallo, Evan; ich hab bloß meinen Kater begrüßt, das ist alles. Wie geht's dir?«

Und selbst das Händeschütteln ging schief: Evans Hand schloss sich so schlagartig um die von Phil, dass sie statt der Handfläche nur die Finger ergriff; es musste sich anfühlen, als schüttelte er einem Mädchen die Hand.

»Schön, dich zu sehen, Phil. Wie war dein … wie war dein Jahr?«

»Ach, ganz okay, danke.«

Sie standen da und musterten sich. Es war das erste Mal, dass Phil Evan in seiner Arbeitskleidung sah, Hemd und Hose aus dunklem Drillich, an der linken Brusttasche einen Dienstausweis, und angesichts dieser Montur hätte er sich am liebsten dafür entschuldigt, dass er eine Privatschule besuchte.

»Also«, sagte Evan und entschuldigte sich mit einem Nicken, »bis später.« Dann ging er polternd nach oben.

Von Anfang an war in diesem künstlichen Haushalt das Abendessen das beklemmendste Ereignis des Tages. Bevor sie sich setzten, stellte Rachel stets einen kleinen elektrischen Ventilator auf den Tisch, da es für Juni ungewöhnlich heiß und windstill war, doch die vergitterten, surrenden, sich langsam drehenden Flügel bliesen nur schwache neue Wärmewellen zwischen das Geschirr.

»Ach, ist das nicht schön«, sagte Gloria oft am Beginn des Essens, und wenn Phil sie zufällig anblickte, konnte er jedes Mal sehen, wie sehr sie sich davor fürchtete, dass an diesem Abend wieder mal nur ihre eigene Stimme am Tisch zu hören sein würde. Zweimal in der ersten Woche verschlimmerte sie noch das allgemeine Unbehagen, indem sie mit wehleidiger Stimme sagte: »Tja; ich dachte immer, beim Abendessen unterhält man sich.« Und nicht einmal ihr Sohn brachte es fertig, sie danach anzusehen.

Evan Shepard blickte nur selten von seinem Teller auf, nicht mal als Reaktion auf die gemurmelten Fragen seiner Frau, und seine stumpfe Konzentration schien zu sagen, dass Essen, so wie die tägliche Arbeit oder das Zeugen von Kindern, nur eine weitere Aufgabe war, die ein Mann auf dieser Welt zu erfüllen hatte. Wenn er nicht beide Hände zum Schneiden des Fleisches brauchte, nahm der muskulöse Unterarm seiner freien Hand stets dieselbe Haltung ein – auf die Tischkante gestützt, die Hand zu einer lockeren Faust geformt oder eine zusammengeklappte Brotscheibe haltend, und Phil fand diese Angewohnheit faszinierend: So aßen die Helden der Arbeiterklasse in Filmen. Ein paarmal versuchte er es nachzuahmen, doch es sah unnatürlich aus und machte ihn nur verlegen. Eine der Nebensächlichkeiten, die er, ohne es zu wissen, in Irving gelernt hatte, war, dass man an einer Prep-School beim Essen einen Ellbogen deutlich sichtbar auf den Tisch stützte und die freie Hand im Verborgenen schlaff über den Schoß hängen ließ. Das war die Pose, auf die er nun unwillkürlich zurückgriff; kein Wunder, dass viele Leute das Leben an Prep-Schools als verklemmt und verweichlicht betrachteten.

»Liebling?«, fragte Rachel – und Phil erschrak jedes Mal, wenn er sie dieses Wort sagen hörte, als sei es der Name ihres Mannes –, »Schmeckt dir der Salat noch, oder soll ich's mal mit einer anderen Soße probieren?«

»Nein, er ist gut«, sagte Evan mit vollem Mund, glänzendes Olivenöl an den Lippen. »Schmeckt gut.« Doch er sah sie nicht an.

Eines Tages war das Essen kurz und frei von der üblichen Anspannung, und sei es nur, weil eine andere Anspannung wartete: Die alten Shepards hatten, nachdem sie es mehrmals höflich aufgeschoben hatten, endlich zugestimmt, abends auf einen Drink vorbeizukommen. Kaum war der Tisch abgeräumt und das Geschirr gestapelt, da klingelte es auch schon; doch als Gloria zur Haustür eilte, stand der lächelnde Charles dort allein.

»Meine Frau ist leider ein bisschen müde«, sagte er, »doch ich musste ihr versprechen, sie ein anderes Mal mitzunehmen; vielleicht mal nachmittags, falls das keine Umstände macht.«

»Ja, natürlich«, sagte sie, »solange Sie … Sie wissen schon … solange Sie Ihr Versprechen halten.«

Als Gloria wieder in der Küche war, wo sie aus Nervosität zwei Eiswürfel auf den Boden fallen ließ, kam sie zu dem Schluss, dass ihr Grace Shepards Fernbleiben eigentlich gar nichts ausmachte: Dass Charles allein gekommen war, würde es bloß zu einer anderen Art von Abend machen und erforderte einen anderen Plan. Es war stets wichtig, in Situationen, in denen man sich seiner nicht völlig sicher war, einen Plan zu haben; sonst konnte die Chance aufs Glück davonwehen, sich in nichts auflösen und für immer verloren sein.

Als sie das Tablett mit dem Alkohol ins Wohnzimmer brachte und feierlich auf den Couchtisch stellte, machte er Konversation mit den jungen Leuten – oder erlaubte ihnen, Konversation mit ihm zu machen, während er über den Teppich schlenderte und Dinge begutachtete, die er vermutlich kaum erkennen konnte.

»Hier ist es schön, Gloria«, sagte er. »Sie haben ein sehr komfortables Haus gefunden.«

»Aber es ist feucht«, sagte sie und teilte ihm das Schlimmste unverzüglich mit, um zu zeigen, dass sie nicht im Traum daran dachte, es zu verschweigen. »Das ist das Hauptproblem. Doch wir hoffen alle, dass das trockene, warme Wetter etwas ändert. *Ich* glaube daran. Was wollt ihr trinken?«

Es gab Gin und Whiskey und sogar eine Flasche Bier für Phil; und schon bald schienen alle vor Freude zu glühen.

»Charles?«, sagte Gloria. »Ich hatte schon befürchtet, wir würden Sie nie wiedersehen. Sind Sie uns aus dem Weg gegangen?« Sie wusste, dass das taktlos, ja sogar rücksichtslos klingen mochte, doch es gehörte zu ihrem Plan. Wenn man direkt an die Wurzel einer Unannehmlichkeit ging und sie offen zur Sprache brachte, wirkte sich das fast immer zum eigenen Vorteil aus. Der andere war vielleicht für einen Moment verlegen, doch schon bald würde er die Offenheit zu schätzen wissen. Es würden klare Verhältnisse herrschen.

Charles versicherte ihr, dass er schon seit Wochen habe vorbeikommen wollen – Grace natürlich auch; er wisse gar nicht, wo die Zeit geblieben sei; hoffentlich habe sie ihn nicht für unhöflich gehalten.

Doch seine Verlegenheit schien nur von kurzer Dauer zu sein: Als er sich entschuldigt hatte, sank er in seinen Sessel und sah aus, als fühle er sich besser.

»…Hat Evan Ihnen erzählt, was in der Fabrik vor sich geht, Charles?«, fragte Rachel, und ihr niedliches junges Gesicht zeigte einen ernsten Stolz, weil sie ihren Schwiegervater bei seinem Vornamen nennen konnte.

Er sagte, Evan habe es ihm erzählt, es sei eine ausgezeichnete Nachricht; und im Verlauf des Gesprächs kam die Nachricht selbst ans Licht. Evan war als wahrscheinlicher Kandidat für die »Einzelteilkontrolle« genannt worden, eine Aufgabe, die man neben der normalen Arbeit als Maschinenschlosser erledigte; wenn das klappte, würde es eine so deutliche Lohnerhöhung nach sich ziehen, dass die Aussicht auf ein Maschinenbaustudium etwas näher rückte.

Gloria raunte ein paar anerkennende Worte und Glückwünsche, war aber nicht mit dem Herzen dabei. »Einzelteilkontrolle« klang so todlangweilig wie jede andere Aufgabe, die Evan in der Fabrik ausführen mochte; und auch »Maschinenbauingenieur« war nicht gerade ein Titel, der die Augen einer Frau zum Leuchten brachte.

Ihr fiel es nicht leicht, sich noch daran zu erinnern, dass sie in Evan Shepard mal den Teufel gespürt hatte: Seit sie ihn hier in Cold Spring Harbor aus nächster Nähe betrachten konnte, hatte sie ihn nur als Langweiler erlebt. Und das war bestürzend, weil sein Vater doch so eine angeborene, unfehlbare Eleganz zeigte.

»Sie sehen immer so ele*gant* aus, Charles«, sagte sie. »Das ist doch bestimmt ein brandneuer Sommeranzug, oder?«

»Nein«, sagte er und zupfte das Jackett zurecht. »Eigentlich ist er uralt; ich hab mich schon gefragt, ob ich ihn noch einen Sommer lang tragen kann.«

»Tja, jedenfalls sieht er … sehr gut aus. Sehr flott.« Dann hellte sich ihr Gesicht anlässlich eines neuen Gedankens auf. »Sagen Sie mir eins, Charles: Werden Sie immer ›Mr Shepard‹ genannt, oder verwendet man manchmal auch Ihren militärischen Titel – wie in ›Colonel Shepard‹, oder was immer es war.«

»Oh, nein, nein«, sagte er rasch. »Ich bin als Captain aus der Armee ausgeschieden, wissen Sie, und das ist kein Rang, den man im Zivilleben beibehält.«

»Ach, das ist ja *wunder*voll«, rief sie. »›Captain Shepard‹. Ich finde, das klingt äußerst distinguiert« – bei diesen Worten wandte sie sich glücklich erst dem einen und dann dem anderen ihrer Kinder zu –, »meint ihr nicht auch?«

»Aber nein. Hören Sie doch«, sagte Charles, um Geduld bemüht. »Lassen Sie mich versuchen, es zu erklären. Wenn man im Zivilleben einem Mann begegnet, der ›Captain‹ genannt wird, war er höchstwahrscheinlich bei der Navy, verstehen Sie? Statt bei der Army? Denn bei der Navy ist Captain … ein viel höherer Rang, direkt unterm Konteradmiral; während derselbe Titel bei der Army etwas ganz anderes, Niedrigeres bedeutet. Ich bin sicher, dass Sie das verstehen.«

Charles dachte, dass er seit Wochen oder gar Monaten nicht mehr so viel geredet hatte, und er wusste nicht mal, ob er sich klar genug ausgedrückt hatte, obwohl sie mehrfach verständig nickte. Doch jetzt sagte sie: »Ach. All das ist mir egal. *Ich* werde sie trotzdem immer ›Captain Shepard‹ nennen.« Und mit Lippenstift und verfärbten Zähnen warf sie ihm ein unbestimmtes Lächeln zu.

Gegen so eine Frau konnte man wahrscheinlich nichts tun. Sich nach Liebe zu verzehren mochte bedauernswert sein, doch letztlich unterschied es sich nicht besonders von anderen Arten der Sehnsucht.

»... Ach, den wunderbaren Nachmittag in der Hudson Street werde ich nie vergessen«, sagte sie eine Stunde später, als er schon lächelnd in der offenen Tür stand und nur noch nach Hause wollte. »War das nicht eine witzige Art, sich kennenzulernen? Stellen Sie sich bloß vor: Wenn Ihr Wagen nicht genau dort stehen geblieben wäre und Sie nicht ausgerechnet bei uns geklingelt hätten ...«

Überraschenderweise kam es in diesem großen, feuchten Wohnzimmer auch zu erfreulichen Zwischenspielen – Phasen gegenseitigen Vertrauens, die bessere Zeiten zu versprechen schienen.

»Du bist jetzt sechzehn, stimmt's, Phil?«, fragte ihn Evan einmal.

»Stimmt.«

»Dann solltest du den Führerschein machen. Bringen sie euch da oben in Dingsda das Fahren bei? In eurer Schule?«

»So was wird einem da nicht ... Nein, tun sie nicht.«

»Zum Teufel, ist doch ein Kinderspiel. Sollen wir am Samstag mal eine Übungsfahrt machen?«

»Klar«, sagte Phil. »Das wär schön, Evan, wenn du Zeit dafür hast. Würde mir wirklich gefallen.«

An den meisten anderen Tagen eilte Evan sofort nach oben, wenn er von der Fabrik nach Hause kam, um bis zum Abendessen mit seiner Frau allein zu sein; doch an diesem Tag trank er seinen Whiskey unten im Wohnzimmer mit ihr – und das Erstaunliche war, dass es keinem von beiden etwas auszumachen schien, Phil in ihr leicht dahinfließendes Feierabendgespräch mit einzubeziehen. Sie lachten sogar zusammen über ein, zwei von Phils Witzen, als würde Evan gerade erst entdecken, was für ein netter, intelligenter Junge er sein konnte; Phil hoffte bloß, dass ihnen die kleinen Zitterkrämpfe nicht aufgefallen waren, die mehrfach seine Schultern ergriffen und ihn zwangen, die Arme um den Körper zu legen, als sei ihm kalt. Wahrscheinlich wäre all das gar nicht passiert, wenn Gloria nicht in der Küche zu tun gehabt hätte: Sie war mit dem Kochen dran.

»Also abgemacht«, sagte Evan gerade. »Nach dem Mittagessen geht's los und dann ... nein, wart mal; Mist. Am Samstag bin ich ja gar nicht da.«

Rachels Gesichtszüge schienen zu erschlaffen. Es würde einer der Samstage sein, an denen Evan wegfuhr, um den Tag mit seiner Tochter zu verbringen.

»Dann machen wir's halt an einem anderen Tag, Evan«, sagte Phil, »und vielen Dank. Das würde ich wirklich gern tun.« Wenn sie anfangen würden, zusammen etwas zu unternehmen, fast als ob sie Freunde wären, würde sich vielleicht alles völlig ändern; und außerdem hatte der Gedanke, Auto fahren zu können, etwas aufregend Erwachsenes.

Evan schaute stirnrunzelnd auf seine Armbanduhr; dann blickte er, offenbar beschwingt, wieder auf und sagte: »Was hältst du davon, sofort loszulegen? Es ist bestimmt noch zwei Stunden hell; vielleicht auch länger.«

»Klar, Evan, wenn du nicht… du weißt schon… nicht zu müde bist oder so.«

»Nee, nee, schon okay. Da brauchst du dir keine Sorgen zu machen.« Evan trank seinen Bourbon aus und stellte das Glas auf den Couchtisch. »So. Wenn du uns zwei Flaschen Bier einpackst, Liebes, können wir uns aufmachen. Lieber vier Flaschen, okay? Oder sechs.«

»Kommt sofort, Sir«, sagte Rachel und eilte in die Küche; Phil freute sich, sie so ausgelassen zu sehen, wünschte aber, sie hätte es ein wenig verbergen können. Ein dezenterer Freudenausbruch wäre vielleicht nicht so peinlich gewesen.

Als sie mit einer schweren Papiertüte voll klirrender Flaschen zurückkam, warteten er und Evan in identischer Haltung, die Daumen in den Gürtel gehakt, an der Haustür.

»Bitte sehr, meine Herren«, sagte sie. »Viel Vergnügen.«

Doch Gloria, die noch verwirrter als sonst aussah, folgte ihr ins Wohnzimmer und fragte: »Was soll das denn werden?«

»Eine Fahrstunde«, sagte Rachel.

»Oh!« In der einen Hand ihren Drink, machte sie mit der anderen eine ängstliche Geste: Die Rückseite des Handgelenks an die Stirn gedrückt, spreizte sie die schlaffen Finger und ließ sie herabhängen wie einen gebrochenen Flügel. »Aber pass gut auf, Evan, ja?«

»Worauf?«

»Ach, ich weiß ja, dass ich töricht bin, aber Autos machen mir Angst. War schon immer so.«

Phil schämte sich fast, zu beobachten, wo ihre gestikulierende Hand sich als Nächstes hinbewegte, er konnte es vorhersehen, und doch wandte er den Blick nicht ab: Sie umfing ihre linke Brust.

Und das hätte alles sein können – Scham über das Verhalten seiner Mutter –, doch von dem Moment an, in dem er auf der Beifahrerseite von Evans Wagen einstieg, befürchtete er, bei jeglicher Prüfung, die an diesem Nachmittag zu bestehen war, zu versagen. Sobald sie auf der Landstraße waren, fühlte er sich etwas besser; er hatte festgestellt, dass er den Mut behielt, wenn er einen gierigen Schluck Bier nach dem anderen trank, und auch Evans angenehme Gelassenheit hinterm Lenkrad wirkte beruhigend.

Evan sagte, sieben, acht Kilometer entfernt gebe es ein einsames Stück Schotterstraße; dort könnten sie gut loslegen. Dann schnitt er ein neues Thema an und fragte, was Phil vom Verlauf des Krieges halte.

»Da bin ich eigentlich nicht auf dem Laufenden«, sagte Phil, »aber ich schätze, es steht nicht so gut, oder? Sieht aus, als würde es lange dauern, bis wir gewinnen.«

Evan warf ihm einen spöttischen Blick zu. »Was macht dich so sicher, dass wir gewinnen?«

»Oh, ich hab nicht gesagt, dass ich *sicher* bin, Evan; ich meine, es könnte wahrscheinlich auch anders laufen; ich wollte bloß sagen …«

»Scheißrichtig. Scheißrichtig, dass es auch anders laufen könnte. Und wär das nicht ein Ding?«

Das war das erste Mal, dass Phil ihn »Scheiße« sagen hörte, obwohl er es wahrscheinlich jeden Tag oft auf der Arbeit sagte. Vielleicht sagte er es auch zu Rachel, wenn die beiden allein waren, aber vielleicht auch nicht; doch was zum Teufel sagte er dann zu ihr, wenn sie allein waren? Und was, abgesehen von »Liebling«, sagte sie zu ihm?

»Wär das nicht ein Ding? Wenn Hitler das Sagen hätte? Dann würden wir rund um die Uhr vom deutschen Militär Befehle empfangen, und von den Japsen wahrscheinlich auch. Kannst du dir das vorstellen?«

Nein, das konnte er nicht. Phil Drake war noch nicht imstande, sich besonders viel über den Krieg vorzustellen; trotz des ganzen Geredes in der Schule über die bevorstehende Senkung des Einberufungsalters auf achtzehn konnte er sich nicht mal in der Armee sehen. Es würde ihn erst in zwei Jahren betreffen, und es lohnte sich nicht, sich etwas auszumalen, was noch so weit in der Zukunft lag. Dennoch war Evan Shepards düstere Vorstellung von der Niederlage ihres Landes beunruhigend – oder wäre es gewesen, wenn es nicht Evan Shepards Trommelfellperforation in Erinnerung gerufen hätte; bei diesem Gedanken entspannte Phil sich etwas auf seinem Sitz.

»Jedenfalls kann ich wohl von Glück sagen, wenn ich die Schule beenden kann, bevor ich eingezogen werde.«

Mit achtzehn würde Phil Drake vielleicht nicht viel größer oder schwerer sein, doch er wäre kräftiger, klüger und vermutlich nicht mehr so albern. Außer ein paar weit verstreuten Irving-Schülern würde niemand wissen, was für ein Trottel er gewesen war, und so könnte das Militär etwas aus ihm machen; es könnte die beste Zeit seines Lebens werden. Kurz vor der Fahrt nach Übersee würde er auf Urlaub nach Hause kommen, in einer Uniform, die Evan Shepard vor Neid erblassen ließe, und würde sagen: »Na, wie läuft's in der Fabrik, Evan?«

Vielleicht hatte Evan inzwischen auch ein zweitklassiges Maschinenbaustudium begonnen, Jahre älter als all seine Kommilitonen, während Rachel tagtäglich irgendeine niedrige Arbeit verrichtete, damit sie über die Runden kamen. Doch auch ein Satz wie »Was macht das College, Evan?« wäre gut genug, wenn er von einem Soldaten in Kriegszeiten stammte. Er würde die Sache klarstellen; er würde seine Aufgabe erfüllen.

»Hier ist es gut«, sagte Evan und brachte den Wagen auf einer schnurgeraden, leeren Asphaltstraße zwischen sehr vielen Bäumen zum Stehen; dann stieg er aus und kam feierlich um die Motorhaube herum.

Phil schlängelte sich frei, rutschte beklommen auf den Fahrersitz, als wüsste er, dass er nie dort hingehören würde, und demonstrierte stirnrunzelnd und nickend seine Aufmerksamkeit, während sich sein Schwager herüberbeugte, um ihm die Gangschaltung zu erklären.

»Du musst dir den Buchstaben H vor Augen führen«, sagte Evan. »Die Gänge sind H-förmig angeordnet, und sobald du das weißt, kannst du es dir ganz leicht merken: Es geht dir in Fleisch und Blut über. Pass auf. Erster; zweiter; dritter; Rückwärtsgang. Kapiert?«

»Ich glaub schon«, sagte Phil, »aber ich muss es noch ein paarmal probieren. Ich meine, es ist mir noch nicht in Fleisch und Blut übergegangen, wenn du verstehst, was ich meine. Und noch was: Ich kapier nicht ganz, was die verschiedenen Gänge genau machen. Die drei Vorwärtsgänge, meine ich.«

»Was sie ›machen‹?«

»Da hab ich mich nicht richtig ausgedrückt. Ich meine, ich verstehe, dass sie drei verschiedene Leistungsgrade darstellen, aber ich kapier nicht ganz ...«

»Nein; die Leistung steckt im Motor, Phil«, sagte Evan geduldig.

»Ich weiß, ich weiß; ich meine, ich weiß natürlich, dass die Leistung im Motor steckt; ich wollte bloß sagen, dass sie für die Übertragung der Leistung in drei verschiedene ...«

»Nein, für die Übertragung sorgt das Getriebe.«

»Ja. Hör mal, ich glaube, ich bin da wirklich nicht so dumm, wie es den Anschein hat, Evan; wahrscheinlich stelle ich bloß eine Menge Fragen, weil ich nervös bin, das ist alles.«

Evan sah ihn spöttisch an. »Was macht dich denn so nervös?«

Später, als sich der Wagen mit Phil am Lenkrad vorsichtig in Bewegung setzte, wurde alles noch schlimmer. »... Nein, sachte; ganz sachte die *Kupplung* kommen lassen«, musste Evan mehrmals sagen, weil Phils zitternder linker Fuß das Pedal immer wieder heftig und mit krampfhaften Bewegungen durchtrat. Dann beschleunigte der Wagen ein paar Hundert Meter weit gut, und

Phil spürte den Kitzel der zunehmenden Geschwindigkeit, bis Evan plötzlich »Mein Gott!« sagte und ihm das Lenkrad mit schneller, kräftiger Hand entriss – wie sich herausstellte, gerade noch rechtzeitig, um zu verhindern, dass sie im Straßengraben landeten, der über einen Meter tief war.

Ein andermal, als Phil wieder herauszufinden versuchte, wie man die Kupplung richtig betätigte, kam der Wagen ruckartig zum Stehen und verströmte einen peinlichen Benzingestank.

»Du hast ihn absaufen lassen«, sagte Evan.

»Ich hab was?«

»Du hast den verdammten Motor absaufen lassen.«

So lief der Fahrunterricht bis zum Einbruch der Dunkelheit – nichts richtig beigebracht; nichts richtig gelernt –, und als Evan sie schweigend nach Hause fuhr, schien er zu schmollen, als sei dieser Nachmittag eine persönliche Kränkung gewesen. Inzwischen war klar, dass keine weiteren Fahrstunden mehr stattfinden würden, wenn Rachel keine annehmbare Möglichkeit fand, sie dazu zu ermuntern; und nach Evans strengem Profil zu urteilen, schien er gerade zu überlegen, wie er ihr heute Abend sagen konnte, was für ein hoffnungsloser verdammter Idiot ihr Bruder war.

Phil wusste, dass es zu nichts führen würde, seinen Schwager zu hassen, doch das hieß nicht, dass man ihn nicht ergründen und völlig durchschauen konnte. Dieser dumme Mistkerl würde es nie aufs College schaffen. Dieser ungebildete, wortungewandte, Auto fahrende Scheißkerl würde nicht mal auf eine halbwegs anständige Stelle befördert werden. Dieses Arschloch würde den Rest seines Lebens mit all den anderen Banausen in der Fabrikhalle verbringen, und es würde ihm recht geschehen. Zum Teufel mit ihm.

Als sie hereinkamen, rief Rachel »Hi!« und blickte vom Sofa auf, die Lippen geöffnet, um »Wie ist es gelaufen?« zu fragen, doch sie sagte nichts. Schon seit sie zehn, elf Jahre alt war, trat jedes Mal, wenn sie einen misslichen Bericht über Phils Leistungen in der Außenwelt befürchtete, dieser bange, beunruhigte Blick in ihr Gesicht.

Gloria saß ihr gegenüber und erzählte, vorgebeugt und ununterbrochen redend, eine Anekdote aus ihrem Leben. Ihr schien nicht einmal aufzufallen, dass Evan und Phil wieder da waren – ihre Angst vor einem schweren Autounfall hatte sie anscheinend vergessen –, und sie schien auch nicht zu merken, dass Rachel ihr nicht mehr zuhörte.

Dann war Essenszeit. Als Rachel den elektrischen Ventilator eingestöpselt hatte, schloss sie auch ihr Radio an und stellte es auf den Tisch. Sie seien gerade rechtzeitig für *Death Valley Days,* verkündete sie.

»Für was, Liebes?«, fragte Gloria.

»*Death Valley Days*. Das ist meine Lieblingssendung. Da kommt jede Woche eine andere Geschichte, das sind keine Fortsetzungen. Wenn man es ein paarmal verpasst, verdirbt einem das beim nächsten Mal nicht das Vergnügen.«

Und an diesem Abend konnte ihr offenbar nichts das Vergnügen verderben. Vertieft in die ersten Sätze des Radiodialogs, verschlang sie ihr Fleisch und ihre Kartoffeln mit dem Gesichtsausdruck einer Frau, die völlig mit sich im Reinen war.

Neben den freundlichen Stimmen der Cowboys hörte man, wie ihre Stiefel einen Bohlensteg entlangstapften; dann ertönte ein unerwarteter Pistolenschuss. Mehrere Männerstimmen brüllten Befehle, eine davon im Falsett, und kurz darauf donnerten, begleitet von einer zur Erzeugung dramatischer Spannung anschwellenden Musik, Pferde über die weite Wüstenebene.

Gloria machte ein furchtbar schwächliches, vorwurfsvolles Gesicht, führte die zerknitterte Papierserviette zum Mund und tupfte ihn an zwei, drei Stellen ab. Sie schien mehrere Sitzpositionen auszuprobieren, als wäre keine davon bequem oder auch nur unbedenklich. Dann wischte sie sich ein paar feuchte Haarsträhnen aus der Stirn, hob das Kinn, um die Geräusche der Cowboys zu übertönen, und sagte: »Tja; ich dachte immer, beim Abendessen unterhält man sich.«

KAPITEL 8

Wenn Evan auf der Arbeit war, schien das Haus an manchen Tagen von Trägheit erfüllt zu sein. Fast jede Tätigkeit, jede Bewegung, die die Luft in neue Richtungen lenkte, wollte gut überlegt sein.

»Ich weiß, was wir machen«, rief Gloria, während sie mit Rachel nach dem Mittagessen das Geschirr abräumte. »Wir gehen ins Kino.«

Phil sah sofort, dass Rachel nicht genau wusste, ob ihr die Idee gefiel. Konnte man wirklich erwarten, dass sie als erwachsene junge Frau, die mit Geschlechtsverkehr und anderen derartigen Intimitäten bestens vertraut war, nachmittags mit ihrer Mutter und ihrem kleinen Bruder ins Kino ging? Dennoch fand sie den Gedanken sichtlich verlockend; sie dachte darüber nach.

»Na gut«, sagte sie schließlich, »wenn ihr sicher seid, dass wir wieder zurück sind, bevor Evan nach Hause kommt. Ich will nicht, dass er ein leeres Haus vorfindet.«

»Ach, das ist doch albern, Liebes. Wenn du einen Augenblick warten kannst, bis ich mich umgezogen habe, haben wir alle Zeit der Welt. Willst du dir auch was anderes anziehen?«

Rachel bejahte, und es dauerte länger als einen Augenblick; doch bald waren die drei so weit, sich zu Fuß auf den Weg in den Ort zu machen. Es war wie in alten Zeiten.

Wenn die Drakes, egal wo sie gerade wohnten, ins Kino gingen, kümmerten sie sich nie darum, herauszufinden, wann der Hauptfilm begann: Ein großer Teil ihres Vergnügens fußte darauf, abzuwarten, dass die verschiedenen Handlungsteile zusammenhängender wurden und sich die quälende Verwirrung auf der Leinwand klärte, und jeder der Drakes versuchte, der Erste zu sein, der sich den anderen zuwandte und raunte: »An der Stelle sind wir reingekommen.« Dann einigten sie sich zumeist, bis zum Ende zu bleiben, um die Geschichte, die sie schon kannten, noch besser zu verstehen.

Filme waren wunderbar, denn sie holten einen in eine andere Welt und gaben einem zugleich das Gefühl, vollständig zu sein. In der Realität konnte einen alles auf Schritt und Tritt daran erinnern, dass das eigene Leben verknäuelt und gefährlich unvollständig war, der Schrecken stets kurz davor, von einem Besitz zu ergreifen, doch in der kühlen, wohlriechenden Dunkelheit des Kinos verschwand diese Wahrnehmung fast immer, und sei es auch nur für ein Weilchen. Und für Phil Drake waren die lichtgesprenkelten Schatten dieses speziellen Films eine besondere Wonne: Er spürte die stille Anwesenheit seiner Mutter hier und die seiner Schwester dort, wo sie hingehörten. Ach, vielleicht war es nur ein weiterer Beweis dafür, wie kindlich er noch für sein Alter und wie schlimm das Jahr an der Schule gewesen war, aber diese beiden Frauen waren noch immer die Menschen, die ihm am meisten bedeuteten.

Wahrscheinlich war es besser, abends ins Kino zu gehen, wenn anschließend nicht viel mehr von einem erwartet wurde, als zu schlafen; ging man tagsüber, hieß das immer, dass man auf die blendenden Straßen der Realität hinaustreten und sich dem Rest des Nachmittags stellen musste. Dennoch nahmen sich die Drakes gern etwas Zeit, bevor sie den Film aus ihren Gedanken verschwinden ließen – sie wollten die Annehmlichkeiten der Kunstgriffe nicht früher verlieren als nötig –, und oft gingen sie schweigend etwa hundert Meter zusammen, bevor einer von ihnen den verblassenden Bann brach und das Wort ergriff.

»Na«, sagte Gloria. »Das war schön, oder?«

»Allerdings«, sagte Rachel. »Und zusammen mit Evan wäre es perfekt gewesen.«

»Ich weiß nicht«, sagte Phil. »Mir hat's irgendwie gefallen, dass wir nur zu dritt waren.«

Doch seine Schwester reagierte verärgert. »Was für eine unfreundliche Bemerkung«, sagte sie. »Missgönnst du ihm etwa den Film?«

»Ach, komm schon«, sagte er. »Mein Gott, ›missgönnen‹. Warum musst du bloß immer so gestelzt reden?«

Vielleicht hätten sich die beiden an jenem Tag auf dem ganzen Heimweg weitergezankt, hätte nicht ein hochgewachsener Junge auf einem Fahrrad am Bordstein gehalten, die Augen mit einem Arm gegen die Sonne beschirmt und mit dem anderen in übertriebener Begrüßung gewunken.

»He! Phil Drake!«

Es war Gerard »Flash« Ferris, einer der kläglichen Außenseiter an der Irving School, und er schien sich zu freuen, als hätte sich sein Schicksal überraschend zum Besseren gewendet.

»... Wie *schön«,* sagte Gloria, als sie sich bekannt gemacht hatten. »Und was für ein Zufall, oder? Ausgerechnet hier einen anderen Schüler aus Irving zu finden? Wohnt deine Familie hier, Flash?«

»Ja, Ma'am, meine Großmutter. Etwas außerhalb an der Route Nine.«

»Dann bist du bloß zu Besuch? Oder bleibst du den ganzen Sommer?«

»Nein, ich bleibe. Ich meine, ich wohne bei meiner Großmutter, wissen Sie?«

»Wunderbar. Dann habt ihr beide, du und Phil, ja jemanden zum ...« Fast hätte sie »zum Spielen« gesagt, konnte sich aber noch rechtzeitig bremsen. »Jemanden zum Herumstreifen«, sagte sie stattdessen mit unsicherer Stimme, als könne sie bloß hoffen, dass diese Formulierung für Jugendliche akzeptabel sei.

Während Phil die beiden während ihres Gesprächs betrachtete, hatte er das Gefühl, geradezu die Gedanken seiner Mutter lesen zu können. Manches an Flash Ferris – die guten Manieren, die vollendet geschmackvolle Sportkleidung, das teure Fahrrad – deutete unmittelbar darauf hin, dass seine Familie Geld hatte; und hier in Cold Spring Harbor konnte sich das leicht als das »alte Geld« erweisen, das in ihren Sehnsüchten eine so wichtige Rolle spielte.

»… Dann sollten wir unbedingt in Kontakt bleiben, Flash«, sagte sie gerade.

»Oh, das tun wir«, versprach er und steckte die Telefonnummer der Drakes sorgfältig in seine Hemdtasche, bevor er sich höflich verabschiedete und davonradelte.

»Was für ein netter Junge!«, sagte Gloria, als die Familie weiterging, und Phil beschloss, sie besser mit ein paar Fakten vertraut zu machen.

»Hör mal«, begann er. »Kannst du mir bitte kurz zuhören? Dieser Junge ist … Er ist wirklich ein … Ich will mit ihm nichts zu tun haben. Er ist ein Trottel.«

Gloria blieb auf dem Gehsteig stehen und bedachte ihren Sohn mit dem vernichtenden Blick, den sie sich für dann aufhob, wenn er sie tief enttäuscht hatte. »Ach, ich hätte wissen müssen, dass du irgendwelche Sperenzchen machst«, sagte sie. »Du bist ein ziemlich verzogener und egoistischer Junge.«

»Hörst du mir mal kurz zu? Ferris ist so hoffnungslos, dass es ihm sogar egal ist, wer das weiß. Der ganze Blödsinn, ihn ›Flash‹ zu nennen, war anfangs ein Scherz, verstehst du, weil er so ungeschickt und begriffsstutzig ist und ständig hinstürzt, aber dann kam er zu dem Schluss, dass ihm der Name gefällt; und jetzt will er, dass ihn alle Welt ›Flash‹ nennt.«

Gloria täuschte Geduld und Selbstbeherrschung vor, während sie darauf wartete, wieder das Wort ergreifen zu können, und jetzt war sie bereit, das Beste daraus zu machen. »Jetzt hörst du mal zu, Phil. Wenn wir die Gelegenheit haben, hier draußen ein paar sympathische Leute kennenzulernen, dann lass ich nicht zu, dass du uns anderen das verdirbst. Merk dir das lieber.« Dann ging sie weiter, und Rachel schloss sich ihr an.

»Und noch was«, rief er den beiden nach und beeilte sich, sie einzuholen. »Da ist noch was: Ich weiß, dass er sehr groß ist und eine sehr tiefe Stimme hat und so, aber weißt du, wie alt er ist? Er ist vierzehn.«

»Ach?«, sagte Gloria. »Ich verstehe nicht, was das ändern soll.«

Phil konnte nur schweigend, mit gesenktem Kopf, neben ihr her trotten. Er war schon immer gut darin gewesen, zu erkennen, wenn sich eine ausweglose Situation anbahnte.

Wie sonst nur selten gab es an diesem Abend saftige Maiskolben, die so viel konzentriertes beidhändiges Essen erforderten, dass von keinem erwartet wurde, zu reden; dennoch dauerte es nicht lange, bis Gloria ein paar gesprächseröffnende Bemerkungen fallen ließ.

»Heute sind wir im Ort einem Jungen aus Phils Schule begegnet, Evan«, begann sie.

»Mm?«, sagte Evan, ohne aufzublicken. »Gut.«

»Er wohnt nicht weit von hier bei seiner Großmutter und macht einen sehr netten Eindruck, aber Phil sagt, dass wir ihn nicht mögen sollen. Phil hat sich zu einem sehr strengen Richter über andere Leute entwickelt, weißt du? Er kennt kein Erbarmen. Ich glaube, der einzige Mensch auf der Welt, von dem er zurzeit etwas hält, ist er selbst.«

»Ach Mutter, *bitte*«, sagte Rachel. »Lass ihn in Ruhe seinen Mais essen.«

Für Phil signalisierte dies, dass Rachel nicht mehr wütend auf ihn war; trotzdem, ein Satz wie »Lass ihn in Ruhe seinen Mais essen« erschien ihm auf seine Art nicht viel besser als der Vorwurf, er missgönne Evan den Film.

Und auch Gloria, die sich weihevoll vom Tisch erhob, um ihren noch nicht leer gegessenen Teller abzuräumen, hatte Rachels Unbeholfenheit bemerkt: Kurz bevor sie an der Küchentür angelangt war, sagte sie mit leiser Verachtung: »Ha. ›Lass ihn in Ruhe seinen Mais essen.‹«

Als ein, zwei Tage später das Telefon klingelte, sprang Gloria auf, um ranzugehen, und Phil lauschte mit wachsender Besorgnis ihrem Teil des Gesprächs.

»... Wer? Ich fürchte, ich ... Oh, Sie sind Flash Ferris' Großmutter. Ach, wie nett, dass Sie anrufen, Mrs Talmage ... Nun, das klingt wunderbar, und wir kommen natürlich gern. Aber könnten Sie mir vielleicht den Weg beschreiben, damit wir zu Ihnen finden ... Oh, gut.« Dann hantierte sie mit einem Bleistift, schrieb etwas auf, und Phil wusste, dass es jetzt kein Entrinnen mehr gab.

Am folgenden Tag gingen er und seine Mutter, sorgfältig zum Nachmittagstee gekleidet, anderthalb Kilometer von zu Hause entfernt am Rand einer Fernstraße entlang, und ein sonnenglänzender Wagen nach dem anderen wirbelte im Vorbeibrausen hellbraunen Staub auf, der in den Augen brannte und sich in ihrer Kleidung festsetzte.

»Bist du sicher, dass das der richtige Weg ist?«, fragte er gereizt.

»Natürlich. Es kann nicht mehr weit sein.«

»Kann ich mal die Wegbeschreibung sehen, die du notiert hast?«

»Ich hab jetzt keine Lust, stehen zu bleiben und in der Handtasche zu kramen, Schatz; außerdem glaube ich, dass wir fast da sind. Halte nach einem Schild Ausschau, auf dem Delco Batteries steht; da müssen wir links abbiegen.«

In diesem Augenblick kam ihm zum ersten Mal in den Sinn, dass Mrs Talmage vermutlich angenommen hatte, sie würden mit dem Auto kommen. »Mein Gott«, sagte er, »hat sie dir etwa eine *Anfahrts*beschreibung gegeben?«

»Ja, vermutlich, aber das spielt keine Rolle. Es ist eine sehr kleine Ortschaft.«

»Mein Gott«, sagte er wieder. »Oh, Scheiße.«

»Ich glaube, du weißt, was ich von diesem Wort halte, Philly.«

»Ach ja? Ich dachte, das, was du nicht ausstehen kannst, wäre ›Fuck‹.«

»Oh, *bitte«*, rief sie, und ihre Hand ging in Richtung Brust, traf sie aber nicht richtig. *»Bitte* fang nicht an, dich so aufzuführen. Sonst ruinierst du den schönen Tag.«

»Ja, ja. ›Schön.‹«

Doch kurz darauf verschwand all die Sorge aus dem Gesicht seiner Mutter. »Oh, guck mal!«, sagte sie und fasste ihn am Arm. »Siehst du das da vorn? ›Delco Batteries‹!«

Mrs Talmages Grundstück war riesengroß: weite, sanft ansteigende Rasenflächen in perfektem Zustand, mit immergrünen Sträuchern in der Ferne. Ihr imposantes altes Haus, vermutlich der Familiensitz, stand am Ende eines sorgfältig geharkten Kieswegs, auf dem die Schuhabsätze unerwartet beschwingt und erfrischend klickten und knirschten.

»Ist das nicht wunderschön?«, fragte Gloria ihren Sohn ehrfürchtig flüsternd, als wären sie in der Kirche.

Harriet Talmage, die in ihrem schattigen Wohnzimmer auf die Ankunft ihrer Gäste wartete, hatte gerade wieder mal festgestellt, dass es fast unmöglich – geradezu zum Verrücktwerden – war, auch nur ein kurzes Gespräch mit ihrer Tochter Jane zu führen.

»Natürlich musst du dich nicht *verpflichtet* fühlen zu bleiben, Liebes«, sagte sie, »wenn du lieber frühzeitig in die Stadt zurückwillst; ich dachte bloß, es könnte ein schöner Nachmittag werden. Der Junge ist ein Schulfreund von Gerard, und Gerard sagt, dass auch die Mutter sehr nett ist.«

»Ich kapier's trotzdem nicht«, sagte Jane. »Kann dieser Junge denn nirgends ohne seine Mutter hingehen? Wieso bloß?«

Janes »Freund« Warren Cox, der dicht neben ihr auf dem tiefen Chintzsofa saß, schnaubte belustigt. Er war ein unscheinbarer kahlköpfiger Mann von etwa fünfundvierzig Jahren und trug einen schokoladeneisfarbenen Straßenanzug.

»Eigentlich war es Gerards Vorschlag, auch die Mutter einzuladen«, erklärte Harriet. »Er empfand das als nette Geste, und ich habe ihm zugestimmt. Sie ist neu hier, kennt vielleicht noch nicht viele Leute und so weiter. In Sachen Höflichkeit und Rücksicht auf andere ist Gerard schon sehr erwachsen und aufmerksam, wie dir vielleicht aufgefallen ist.«

»Nein«, sagte Jane. »Kann nicht behaupten, dass mir so was aufgefallen wäre. Wie steht's mit dir, Warren?«

»Nee«, erwiderte Warren Cox, »bisher nicht, aber mir ist aufgefallen, wie groß er ist. Größer als ich, und er hat richtige Pranken.«

Dann flaute das Gespräch ab, doch Harriet spürte, dass sie sich erst würde entspannen können, wenn der eine Oberschenkel ihrer Tochter nicht mehr nach außen und wieder zurück rollte, nach außen und wieder zurück. Sich ansehen zu müssen, wie sich das Bein dieser trägen Schlampe hin und her bewegte, war, als hörte sie Jane »Ich kapier's nicht« und »dieser Junge« und »Wieso bloß« sagen: Davon taten ihr die Backenzähne weh.

Harriet hatte sich längst damit abgefunden, dass es vieles gab, das sie nie verstehen würde. Sie würde nicht lang genug leben, um die Gewöhnlichkeit und Vulgarität zu verstehen, die heutzutage jeglichen Anstand auf der Welt zunichtemachte, und würde ohne Hoffnung auf eine Erklärung für das Leben ihrer Tochter sterben. Drei kümmerliche, gescheiterte Ehen, das einzige Kind als Säugling Harriets Obhut überlassen, und jetzt diese verwirrende Parade von »Freunden« – Herrgott, was war das bloß für ein Leben für ein Mädchen, das die günstigsten Voraussetzungen gehabt hatte?

»Ach, ist sie nicht wundervoll, Harriet?«, hatte John Talmage früher oft gesagt. »Ist sie nicht umwerfend? Ist sie nicht hinreißend?«

Deshalb war es wohl in gewisser Hinsicht ein Segen, dass John nicht mehr die Frau erlebt hatte, zu der seine Tochter geworden war. Auch er hätte nicht gewusst, was er von ihr halten sollte, und sei es nur, weil sie nicht mal mehr hübsch war. Sie war zu mager, zu kantig im Gesicht und zu sarkastisch, wie sie da mit Warren Cox kuschelte – und Warren Cox war weiß Gott nicht das große Los: ein Geschäftsmann, ein Vertreter, jemand, der Formulierungen benutzte wie »soundso viele Dollar«. Als er beim Mittagessen umständlich versucht hatte, einen Geschäftsablauf zu erklären, hatte er dreimal »soundso viele Dollar« gesagt.

Doch jetzt war es Zeit für Harriet Talmage, sich aus ihrem Sessel zu erheben und »Sehr erfreut« zu sagen, denn das Dienstmädchen führte gerade die Besucher ins Zimmer. »Sehr erfreut, Sie beide zu sehen. Das sind meine Tochter Mrs Ferris und ihr Freund Mr Cox … Ich weiß gar nicht, wo Gerard ist, aber er kommt bestimmt gleich. Wollen Sie sich nicht setzen?«

Als sich Flash Ferris, sehr groß und gediegen in seiner Schulkleidung, zu ihnen gesellte, hatte Phil Drake das Gefühl, dass er den Rest des Nachmittags schlicht über sich ergehen lassen musste: durchstehen, abhaken und so tun, als sei es gar nicht passiert.

»… Und wie waren deine Ferien bis jetzt, Phil?«, erkundigte sich Flash, als sie sich an einem niedrigen, üppig gedeckten Tisch niedergelassen hatten.

»Ach, nicht schlecht.«

»Hast du ein Fahrrad?«

»Nein.«

»Wieso nicht?«

»Wie meinst du das, wieso nicht? Ich hab keins, das ist alles.«

Flash streckte die Hand aus, um sich zwei, drei winzige, hübsch belegte Brunnenkressesandwiches zu nehmen. »Ich weiß nicht, was ich im Sommer hier ohne Fahrrad anfangen sollte«, sagte er. »Bin jeden Tag unterwegs. Ich kenne alle Straßen und alle Städte. Ich sitze nämlich nicht gern irgendwo fest.«

Da konnte Phil ihm nur beipflichten; um noch etwas anderes zu sagen, fügte er hinzu, dass er auf der Suche nach einem Ferienjob sei.

»Gut«, sagte Flash. »Viel Glück dabei.«

»… Oh, vielleicht kennen Sie die beiden ja«, sagte Gloria Drake gerade auf der anderen Tischseite über ihre vorsichtig gehaltene Teetasse hinweg zu Mrs Talmage. »Captain und Mrs Charles Shepard? Ganz reizende Leute; ich weiß, sie würden Ihnen gefallen. Und ihr Sohn ist mit meiner Tochter verheiratet; deshalb sind wir jetzt alle zusammen hergezogen. Captain Shepard stammt aus einer alten Nordküstenfamilie, aber ich glaube, seine Frau kommt ursprünglich aus Boston. Eigentlich bin ich die Einzige, die wirklich von außerhalb kommt: Ich bin in Illinois geboren und groß geworden, betrachte mich aber schon so lange als New Yorkerin, dass ich gelernt habe, mich fast überall heimisch zu fühlen, solange ich unter geistesverwandten Freunden bin …«

Mrs Talmage schien imstande zu sein, alles mit festem, nettem, geselligem Lächeln aufzunehmen; doch Mrs Ferris kaute mit offenem Mund und starrte Gloria Drake an wie ein ungezogenes Kind einen Krüppel. Und Mr Cox, gemütlich neben ihr auf dem Sofa, schien bereit zu sein für ein Nickerchen.

Als sei er entschlossen, seinen Sommer gekünstelter Freundschaft unverzüglich zu beginnen, flüchtete Flash Ferris mit Phil vom Tisch, sobald die Höflichkeit es erlaubte, und führte ihn mit den Worten »Ich zeig dir mal mein Zimmer« schnell nach oben.

Phil musste zugeben, dass es eigentlich ganz angenehm war, in dem schön eingerichteten Zimmer zu sitzen und Höflichkeitsfloskeln und Witzchen auszutauschen: Wie vorherzusehen, konnte sich Ferris wie ein ganz netter Junge benehmen, solange er nicht in der Schule war. Das Problem war, wenn Phil das hier zuließ, konnte es ihn später, wenn im Herbst die Schule wieder begann, in ernste Verlegenheit bringen. Ferris war jemand, der bestimmt wusste, wie man eine unbeabsichtigte Gefälligkeit aus den Sommerferien später ausnutzte.

Doch dann teilte er ihm schüchtern etwas mit. »Ich komme nächstes Jahr nicht nach Irving zurück.«

»Nicht? Warum denn?«

»Weil ich in Deerfield angenommen wurde; und das ist eine wesentlich bessere Schule; darum.«

»Das wird bestimmt gut«, sagte Phil mit großer Erleichterung. »Da kannst du noch mal neu anfangen.«

»Ja.« Der aufflackernde Schmerz in Flashs Gesicht zeigte sofort, dass er begriff, was es bedeutete, noch mal neu anfangen zu müssen. »In Irving hab ich eine Menge dumme Fehler begangen, das stimmt«, sagte er. »Aber ich glaube, diesmal werde ich's besser machen.«

»Na klar.«

Flash stand auf, ging mit unnatürlich straffen und breiten Schultern langsam auf und ab und übte offenbar, wie er in Deerfield auftreten wollte. Er stand eine Weile am Fenster und blickte nach draußen, als wären die unbegrenzten Möglichkeiten der neuen Schule von hier aus zu sehen; dann drehte er sich um und fragte: »Hast du Lust, runterzugehen und ein Glas Aknesaft zu trinken?«

»Ein Glas was?«

»Ananassaft«, erklärte er lächelnd, und zum ersten Mal an diesem Tag sah er so trottelig aus wie sein altes Ich. »Ich nenne ihn Aknesaft.«

»Wenn du willst.«

Phil blieb nichts anderes übrig, als seinem Gastgeber den Flur entlang an mehreren anderen Zimmern vorbei und dann eine Hintertreppe hinunter nach draußen auf eine große Betonfläche zu folgen, die zum Wenden und Parken von Automobilen bestimmt war. Auf der anderen Seite sah er eine Reihe von Garagentoren, die fast so lang war wie das Haus selbst; unweit von ihnen stand ein rotgesichtiger Mann in Hemdsärmeln und spritzte mit einem Gartenschlauch eine Limousine ab.

»Na, Flash«, sagte der Mann und schob den Schild seiner Chauffeurmütze hoch, wobei sein massiges, unfreundlich lächelndes Gesicht zum Vorschein kam. »Wie geht's dir heute?«

»Hi, Ralph«, sagte Flash zurückhaltend und schien seine Schritte zu beschleunigen.

»Holst du dir immer noch einen runter, Flash?«, fragte der Mann. »Spielst du dir noch am Schwanz rum?«

»Beachte ihn gar nicht«, sagte Flash zu seinem Gast.

»Und wer ist dein Freund da, Flash?«, erkundigte sich der Mann. »Ist das dein Stecher? Hm? Oder bläst er dir lieber einen?«

Die beiden mussten die ganze nasse Betonfläche überqueren, bevor sie zu einer Tür gelangten, die in eine riesige Küche führte.

Ein Mädchen, das nicht älter als neunzehn sein konnte, sehr adrett in grau-weißer Dienstmädchentracht, stand dort ganz allein und spülte Gemüse ab.

»Hi, Amy«, sagte Flash.

»Hi.«

Sie blickte nicht auf, doch Phil erkannte in ihr das Mädchen, das ihnen heute die schwere Haustür geöffnet und später das Teegeschirr ins Wohnzimmer gebracht hatte. Flash stand an einem großen Eisschrank und holte Eiswürfel und einen Zweiliterkanister Dole heraus; als er zwei klirrende Longdrink-Gläser füllte und auf den Küchentisch stellte, verließ das Mädchen die Spüle und ging anmutig auf den Parkplatz hinaus, um sich mit Ralph, der sich über ihr Kommen zu freuen schien, unter vier Augen zu unterhalten.

»... Du darfst diesen Kerl gar nicht beachten«, sagte Flash. »Er ist nicht der Rede wert. Er ist bloß ein großer, dummer polnischer Kotzbrocken. Oh, er ist klug genug, zu wissen, dass ich ihn wegen seiner Sprüche nicht bei meiner Großmutter anschwärze – *so* viel Intelligenz besitzt er –, doch ansonsten ist er strohdumm. Er kann nichts anderes als einen verdammten Wagen fahren.«

Während Phil widerwillig in kleinen Schlucken den süßen Saft trank, beobachtete er das Dienstmädchen und den Chauffeur durch das Fenster und wunderte sich über die beiden. Der Mann war eindeutig zu alt, um ihr Freund zu sein – er war um die fünfzig –, doch vielleicht hatte er ein väterliches Interesse an ihr: Vielleicht verließ sie sich angesichts der vielfältigen Ungewissheiten ihres noch jungen Lebens auf seinen klaren, ehrlichen Rat.

Als die Jungen ein paar Minuten später wieder den Parkplatz überquerten, beendeten die beiden jedenfalls gerade ihre Unterredung. Das Mädchen lachte hinter vorgehaltener Hand über ein Bemerkung Ralphs; dann drehte sie sich um und kehrte wieder zu ihrer Arbeit zurück.

»Bis dann, Amy«, rief er ihr nach und ließ sie drei, vier Meter weit gehen, schwenkte dann mit einer schlängelnden Bewegung den Schlauch und spritzte einen Strahl Wasser an ihre Knöchel.

»Mensch, *Ralph«*, rief sie und lief auf die Küchentür zu – und wie das Mädchen so lief, in ihrem cremefarbenen Rock, bot ihr rhythmisch wippender Hintern einen wunderbaren Anblick. Phil Drake hatte den festen, vernünftigen Entschluss gefasst, diesen Sommer nicht so oft an Mädchen zu denken – es war besser, zu warten, bis seine Hormone mit seinem Verstand oder sein Verstand mit seinen Hormonen Schritt hielt –, doch in solchen Momenten wusste er, wie sinnlos dieses Vorhaben war. Wenn er nicht bald begann, etwas über Mädchen herauszufinden, würde er durchdrehen.

»Amy ist ein gutes Mädchen«, sagte Ralph und richtete den Schlauch wieder auf die seifige, tropfende Limousine. »Zumindest hätte sie ein gutes Mädchen sein *können;* vielleicht ist es inzwischen zu spät, dass ein Mann sie noch auf den richtigen Weg bringen kann. Wisst ihr, was ihr Problem ist?« Er wandte sein Lächeln den beiden Jungen zu, die stumm auf die Antwort warteten. »Sie fingert zu viel an sich rum. So einfach ist das.«

Mrs Ferris und Mr Cox saßen nicht mehr im Wohnzimmer – sie waren schon auf dem Weg nach New York, von wo sie gekommen waren, oder machten sich oben fertig, um so schnell wie möglich aufzubrechen –, und Phil fand hinreichende Beweise, dass sich seine Mutter den ganzen Nachmittag um Kopf und Kragen geredet hatte: Neben ihrem Sessel waren traurige, verräterische Spuren von Zigarettenasche auf dem Orientteppich zu sehen, und sie wirkte todmüde.

»Sie müssen mal wiederkommen, Mrs Drake«, sagte Mrs Talmage gerade. »Es war wirklich nett.«

»Dann ruf ich dich morgen an, Phil«, sagte Flash Ferris. »Okay?«

»Okay.«

Und auf dem ganzen Heimweg, oder zumindest bis der Fußmarsch allmählich anstrengend wurde, wusste Phil, er würde seiner Mutter zustimmen müssen, dass sie sich beide wunderbar amüsiert hätten.

»… Nein, aber es ist wirklich schade, dass du kein Rad hast«, sagte Flash, der am Bordstein breitbeinig über seinem eigenen Fahrrad stand. »Was meinst du, wann du eins bekommst?«

»Hab ich dir doch gesagt«, erwiderte Phil, während er in der Hoffnung, so unbefangen wie ein normaler, gesunder einheimischer Jugendlicher auszusehen, an einem Laternenpfahl lehnte. »Wenn ich einen Ferienjob finde, kann ich wohl genug ansparen; aber bis dahin kann ich mir halt keins leisten.«

Sie lungerten in dem winzigen Ort herum, ohne viel zu sagen oder zu tun zu haben. Es war der zweite oder dritte Tag der lockeren Freundschaft, die Flash sich vorgestellt hatte, und es lief nicht besonders gut.

Im Kino wurde ein neuer Film gezeigt, und so begnügten sie sich damit, um ein bisschen Zeit totzuschlagen; doch beide schienen zu wissen, wenn sie danach wieder in die Sonne hinausträten, würden sie bloß ausgelaugt und nervös sein, und so war es dann auch.

»… Okay, also bis dann«, rief Flash über die Schulter, bevor er in die Pedale trat, um nach Hause zu radeln; und während Phil ihn wegfahren sah, stellte er sich die ironische Frage, ob es vielleicht mit dem Rest dieses lausigen Sommers im Einklang stand, von Flash Ferris einfach stehen gelassen zu werden.

Doch als sie sich das nächste Mal trafen, war Flash ganz besessen von einer guten Idee. Bei Ed's Cycle Repair in Huntington stehe ein schönes, sorgfältig überholtes Fahrrad für fünfundzwanzig Dollar zum Verkauf. Wie das klinge?

»Zu teuer«, sagte Phil, und Flash sah ihn an, als könne das nicht sein Ernst sein. In Prep-School-Kreisen waren solche Situationen nicht vorgesehen.

»Du kannst keine fünfundzwanzig Dollar aufbringen?«

»Nein; das hab ich doch versucht, dir zu sagen. So viel hab ich nicht.«

»Aber könnte dir nicht deine Mutter aushelfen, bis du …«

»Nein, könnte sie nicht. Das geht nicht.«

Die Verwunderung in Flashs Miene ließ langsam nach – er schien zu begreifen, dass es an einer Schule wie Irving tatsächlich ein paar mittellose Schüler geben konnte, auch wenn er nicht erwartet hätte, dass einer von ihnen in einem Ort wie Cold Spring Harbor wohnte –, und er sagte: »Okay. Ich weiß, was wir machen. Ich bitte meine Großmutter, es zu kaufen.«

»Nein, ausgeschlossen«, wies Phil den Vorschlag entschieden zurück. »Kommt nicht infrage. Ich will nicht, dass du das machst.«

»Warum?«

»Weil's nicht richtig wäre, darum. Mir wär dabei nicht wohl zumute.« Phil hörte in seiner eigenen Stimme den Unterton eines selbstgerechten, störrischen Stolzes, den er aus Filmen über die Wirtschaftskrise gelernt haben musste.

»Ah, komm schon, Drake, sei nicht dumm«, sagte Flash, und damit entschied er die Sache für sich.

Ein, zwei Tage später fuhr Phil mit einem langsamen Nahverkehrsbus nach Huntington, wo er sich mit Flash bei Ed's Cycle Repair traf, und da stand es – solide und glänzend, gekauft und bezahlt. Es war nicht das allererste Fahrrad, mit dem er fuhr, obwohl es, als er auf die Straßen von Huntington hinausschlingerte, fast so aussah, doch es war das erste, das ihm gehörte.

»Alles klar?«, rief Flash zurück, der mühelos vorausrollte.

»Gut. Prima.« Doch während sich Phil über die Lenkstange beugte, musste er sich eingestehen, dass es bloß aufs Neue zeigte, wie kindlich er für sein Alter noch war: Er bemühte sich, mit einem Vierzehnjährigen Schritt zu halten, und fand am Fahrradfahren Gefallen, wo doch jeder wusste, dass sechzehnjährige Jungen und sogar Mädchen eigentlich Auto fahren sollten.

Flash Ferris schien alle Straßen und alle Städte zu kennen. In den nächsten ein, zwei Wochen fuhren sie westwärts nach Oyster Bay, ostwärts über Huntington hinaus nach Greenlawn und Kings Park und ein paarmal von der Küste ins Landesinnere. Phil musste zugeben, dass er Spaß daran hatte, und sei es bloß, weil er nur selten zu Hause sein musste, und es gefiel ihm, zu entdecken, wie vielversprechend und einladend all die anderen Gegenden von Long Island sein konnten.

»Ich habe für nächstes Jahr einen Entschluss gefasst«, sagte Flash eines Nachmittags, als sie anhielten, um auf einem schmalen, grasbewachsenen Strandstreifen an der Küstenstraße zu rasten. Er saß mit angezogenen Beinen im Sand und sah noch linkischer aus als sonst. »Wenn ich im Januar fünfzehn werde, gebe ich ein falsches Alter an und sehe, ob die Marines mich nehmen.«

In letzter Zeit hatte es nicht viele Gelegenheiten gegeben, Flash Ferris mit der Geringschätzigkeit zu begegnen, wie er sie immer in Irving erfahren hatte, doch hier bot sich eine gute Möglichkeit, und Phil machte das Beste daraus. Er stützte sich auf die Ellbogen, spähte übers Wasser und ließ schweigend ein paar Sekunden verstreichen, bevor er sich Flashs verletzlichem Gesicht zuwandte.

»Unsinn«, sagte er. »Das ist das Allerdümmste, was ich je gehört hab.«

»Wie meinst du das?« Flash war sofort in der Defensive. »Ich bin groß; ich bin ziemlich kräftig; im Moment würde ich sogar für siebzehn durchgehen, aber wenn ich bis Januar warte, kann ich noch ein bisschen zunehmen. Und außerdem wimmelt es im Marine Corps von Jungen, die ein falsches Alter angegeben haben. Liest du denn keine Zeitung?«

»Das hast du nicht aus der Zeitung, du Idiot; das hast du aus den verdammten Filmen. Und du würdest auf keinen Fall für siebzehn durchgehen. Nicht mal für *fünf*zehn.«

»Wollen wir wetten? Wetten, dass ich so alt wie du oder noch älter aussehe?«

Das lenkte das Gespräch in eine unerfreuliche Richtung, und Phil hatte keine besonders gute Antwort parat. »Ah, da träumst du, Ferris«, sagte er. »Da träumst du bloß.«

»Und wenn?«, fragte Ferris halbwegs einleuchtend. »Einen Versuch ist es doch wert, oder? Ich probier's einfach, und ich weiß nicht, was daran so witzig sein soll.«

»Ja, ja, ja; okay.«

Es war nicht schwer, diese kleine Unstimmigkeit noch vor dem Ende des Tages wieder aus der Welt zu schaffen: Manchmal musste man Flash Ferris bloß anlächeln, damit er errötete und dankbar zurücklächelte. Und ein paar Tage später hatte Phil selbst eine wichtige Mitteilung zu machen.

»Ich hab heute früh einen Job gefunden«, sagte er, als sie in Huntington zusammen in einem Imbiss saßen und gezapfte Colas tranken. »Heute Abend fange ich an.«

»Ja? Was für ein Job ist es denn?«

»Parkplatzwächter bei Costello's, draußen an der Route Nine.«

»Kannst du überhaupt fahren?«

»Nein; aber man muss dabei keine Autos einparken – nach allem, was der Manager gesagt hat, darf man's nicht mal. Wenn ein Wagen eintrifft, muss man ihn bloß mit einer Taschenlampe zum richtigen Stellplatz führen; und wenn die Leute aufbrechen wollen, führt man sie zu ihrem Wagen zurück. Erfordert ein bisschen Planung, weil man die Aufteilung des Platzes im Auge behalten muss, damit niemand zugeparkt wird oder so, aber ich glaube, das krieg ich hin. Das Restaurant zahlt mir nur einen symbolischen Lohn von fünf Dollar pro Woche, aber der Manager hat gesagt, dass ich wöchentlich mit dreißig Dollar Trinkgeld rechnen kann; vielleicht auch noch mehr.«

Flash war offenbar bekümmert, während er sein zerstoßenes Eis mit einem Strohhalm umrührte. »Hast du dann noch Zeit zum Fahrradfahren?«

»Vielleicht ab und zu, spätnachmittags, aber ich komme erst um vier Uhr früh von der Arbeit, verstehst du? Dann muss ich schlafen. Und ich arbeite jeden Abend.«

»Ja«, sagte Flash. »Aber weshalb hast du das überhaupt gemacht? Diesen Job angenommen?«

»Wegen des Geldes; warum denn sonst? Und Geld brauche ich aus allen möglichen Gründen.«

»Zum Beispiel?«

»Mein Gott, Ferris, jetzt komm mir nicht mit ›zum Beispiel‹. Wenn du nicht reich wärst, würdest du das nie sagen.«

»Ich bin nicht reich.«

»Herrgott, mach dich nicht lächerlich.« Als Phil aufstand und die Theke verließ, bemühte er sich, eine verächtliche Miene aufzusetzen. »Komm schon«, sagte er. »Wenn du ausgetrunken hast, lass uns fahren.«

Wahrscheinlich gab es keine glattere Lösung, einen Schlussstrich unter Flash Ferris zu ziehen, und das Beste kam an jenem Nachmittag um kurz nach fünf, als sie auf der Route Nine nach Hause fuhren und sich einer Kreuzung näherten, an der es für Phil eine Abkürzung gab.

»Schätze, ich biege hier besser ab und fahre nach Hause, Flash«, rief er in den Wind. »Ich muss was essen und dann zur Arbeit. Also, mach dir nichts draus, okay?«

KAPITEL 9

Ein hohes, imposantes Neonschild – »Costello's« – führte die Gäste in ein großes altes Restaurant mit Bar, das auf Stützpfeilern über dem sanft schwappenden Wasser der Bucht thronte. Es war nett dort, für manchen Geschmack ein bisschen vulgär, doch pulsierend von romantischen Möglichkeiten ganz eigener Art. Niemand schien sich dort je zu langweilen.

Kaum einer der Festangestellten schenkte Phil Drake Beachtung – alle wussten, dass er bloß der Ferienarbeiter war, der sich um die Autos kümmerte –, doch zwei, drei von den Kellnerinnen sagten hallo, wenn sie zur Arbeit erschienen, und ein kräftiger junger Hilfskellner mit abfallenden Schultern, der Aaron hieß, blieb manchmal stehen, um in der Dunkelheit ein paar Worte mit ihm zu wechseln.

»Na, wie geht's, Phil?«

»Ach, nicht schlecht, danke, Aaron; und dir?«

»Kann mich nicht beklagen. Bin jedenfalls nicht in Schwierigkeiten.«

»Gut.«

Und wenn es Möglichkeiten gab, aus dem Öffnen und Schließen von Wagentüren eine ernste, höfliche kleine Zeremonie zu machen, tat Phil sein Bestes, um sie jeden Abend zu finden. In den langen Stunden nach Einbruch der Dunkelheit benutzte er seine Taschenlampe mit bemerkenswertem Geschick, doch anfangs waren die Trinkgelder enttäuschend: Viele Leute gaben gar keins, und dann radelte er morgens mit einer Tasche voll Quarters und Dimes nach Hause, die es sich kaum zu zählen lohnte. Doch eines Tages fuhr er nach Huntington und durchforstete einen tristen, kleinen Army-Shop, bis er fand, was er suchte: eine Chauffeurmütze aus dunkelgrauem Drillich mit einem Lacklederschild, die der teurer aussehenden Mütze von Ralphs Uniform glich. Das zahlte sich aus. Er trug sie tief und straff in die Stirn gezogen, um zu zeigen, dass er es ernst meinte, und plötzlich wurden seine Trinkgelder höher. Am Ende der zweiten Woche steckte er einen Fünf- und zwei Zehndollarscheine in einen elegant formulierten kleinen Dankesbrief, adressierte den Umschlag an Mrs Talmage und warf ihn mit dem guten Gefühl, erwachsen genug zu sein, um zu wissen, wie man die Dinge richtig anpackte, in den Briefkasten.

Die Arbeit auf dem Parkplatz mochte nichts Besonderes sein, doch es war sein allererster Job, und er nahm ihn so ernst, wie die Umstände es erlaubten. Und seine Schwester, die er augenblicklich nur selten sah, schien davon beeindruckt zu sein.

»Ich finde es wunderbar, dass du so gut allein zurechtkommst, Philly«, sagte sie einmal. »Wir alle finden das wunderbar.«

Seine Planung hatte er so gut im Griff, dass kein einziger Wagen zugeparkt wurde und auch keine anderen Probleme auftraten, nicht einmal mit Betrunkenen, doch es kam zu verstörenden Momenten.

Obwohl sein Entschluss, nicht so oft an Mädchen zu denken, vortrefflich und klug war, wurde er jeden Abend ein paarmal ins Wanken gebracht. Die meisten eintreffenden Gäste waren kaum seiner Beachtung wert; doch er wusste nie, wann ein hübsches Mädchen auftauchen würde. Ein Wagen glitt an den für ihn vorgesehenen Platz, die schummerige Innenbeleuchtung ging an, und da saß sie plötzlich und kämmte sich das Haar oder zog ihren Lippenstift nach. Dann rutschte sie auf dem Sitz herum und verlagerte das Gewicht, die Knie sorgfältig zusammengepresst, wenn sie auf der Beifahrerseite ausstieg, während er die Taschenlampe ruhig hielt, um ihr zu zeigen, wo sie die Füße aufsetzen konnte. Der Mann, der von der Fahrerseite herüberkam, um sie zu holen, war oft ein Soldat in einer Sommeruniform aus gestärkter hellbrauner Baumwolle, doch erstaunlich oft war er auch Zivilist – manchmal sogar sah er nicht viel älter aus als Phil selbst.

Wenn sie auf die leuchtenden Stufen von Costello's zusteuerten, fassten die Mädchen ihre Begleiter an der Taille, am Arm oder berührten sie gar nicht – Phil kam zu dem Schluss, dass all das eigentlich nicht von Bedeutung war –, und während ihre hellen Kleider abwechselnd im Licht und im Schatten schwebten und wogten, schienen sie nicht über den Parkplatz zu gehen, sondern eher zu gleiten, als wäre die Zeit das Letzte, woran sie dachten. Manchmal folgte er einem Paar in geziemendem Abstand und versuchte aufzuschnappen, was das Mädchen sagte; durch dieses heimliche Lauschen ließen sich ganze Wesenszüge eines Mädchens erschließen, doch meistens bekam er nur peinigende Bruchstücke mit.

»... Aber wir trinken hier nur ein Glas, okay? Und dann fahren wir sofort nach Hause.«

»... Ist dir noch nie in den Sinn gekommen, dass ich es satthaben könnte zu hören, was Linda gefällt und was nicht? Und wie Linda sich fühlt? Und was Linda über dies und jenes und alles andere zu sagen hat ...?«

Einmal führte er einen Soldaten und ein hübsches Mädchen spätnachts aus der Bar in die Dunkelheit, und die Stimme des Mädchens klang so lieblich wie eine Melodie. Sie wollte den Soldaten wegen irgendetwas beruhigen, doch die Worte blieben undeutlich, bis sie sagte: »Aber du bist doch nicht unsensibel, Marvin. Du bist *wun*derbar sensibel.«

Phil wusste, dass er den ganzen Sommer nichts Schöneres zu hören bekommen würde. Es ging ihm stundenlang nicht aus dem Kopf, während er unnötig über den Parkplatz patrouillierte oder durch einen Maschendrahtzaun auf die glatten Stützpfeiler und das schwarze, sanfte Wasser starrte.

»Du bist *wun*derbar sensibel.« Das war genau das, was ein Mädchen auch einmal zu Phil Drake sagen könnte, wenn er alt genug war, um es zu verdienen – und das konnte schon in zwei Jahren sein, wenn er beim Militär war und alles andere in seinem Leben unter Kontrolle hatte.

Oft wünschte er sich, er könnte den Gästen ins Costello's folgen und herausfinden, wie es dort zur Stoßzeit zuging – ihm war bloß gestattet, zu sehen, wie es am Spätnachmittag aussah, wenn Männer in Hemdsärmeln die umgedrehten Stühle von den Tischplatten hoben, oder am Ende der Nacht, wenn sie die Stühle wieder hochstellten. Doch er wusste, dass an drei Wänden des Raums tiefe Kunstlederbänke standen, und vermutlich ließen sich die meisten Mädchen dort nieder. Während sie im Gedröhn und Gewimmer der Musikbox an ihren Gin Rickeys oder ihren Rum-Colas herumfingerten, ließen sie vielleicht die freie Hand zart auf den Schenkel des Mannes fallen. Und er wusste, dass er einige bekannte Lieder aus dem Sommer 1942, die leise zwischen die geparkten Wagen hinausgeweht wurden, nie vergessen würde. Eins ging so:

Missed the Saturday dance
Heard they crowded the floor
Couldn't bear it without you
Don't get around much any more …

Und ein anderes so:

Altho' some people say he's just a crazy guy,
To me he means a million other things
For he's the one who taught this happy
heart of mine to fly;
He wears a pair of silver wings …

I'm so full of pride when we go walking
Ev'ry time he's home on leave
He with those wings on his tunic
Me with my heart on my sleeve...

Wenn das Restaurant schloss, steckte er die Taschenlampe ein, ging durch den Lieferanteneingang in die Küche – das war das einzige Privileg seines Jobs – und bat um eine Tasse schwarzen Kaffee.

»Wieso willst du immer nur schwarzen Kaffee?«, fragte ihn nach den ersten paar Nächten ein hagerer Tellerwäscher.

»Ich trinke ihn gern schwarz, das ist alles«, erklärte Phil, doch es klang unglaubwürdig: Er wusste, dass er den Kaffee schwarz trank, weil seine Mutter ihn so trank (»Schwarzer Kaffee ist wunderbar, Philly, total belebend; er muntert einen richtig auf; in Frankreich trinkt man ihn immer so«).

»Willst du ein Eis?«, fragte ihn der Tellerwäscher. »Wir haben fünf Geschmacksrichtungen.«

»Nein danke.«

»'n Stück Kuchen?«

»Nein, ist schon okay. Trotzdem danke.«

»Weißt du was, Junge? Wenn du dir das ganze Koffein reinkippst, ohne was zu essen, verfaulst du von innen.« Der Mann schüttelte verdrossen den Kopf. »Du bist ein trauriger Fall.«

Phil, der an der heißen Tasse nippte und immer wieder zurückzuckte, war überzeugt, dass der Alte recht hatte, wusste aber nicht, was er sagen oder wie er sich verhalten sollte, und fühlte sich deshalb noch schmächtiger als sonst.

Plötzlich kam Aaron, der Hilfskellner, aus dem Restaurant durch die Schwingtür gestürmt, riss sich die Schürze vom Leib und warf sie in einen Wäschekorb. Er steuerte direkt auf einen Kübel voll Maple-Walnut zu, schaufelte drei Kugeln in ein Eisschälchen und schlang sie mit nur sechs oder sieben Bissen hinunter. Dann warf er den Löffel und das leere Schälchen in hohem Bogen in ein Spülbecken voll heißem Wasser und Schaum und machte sich auf den Heimweg.

»Gute Nacht, Aaron«, rief eins der Mädchen, und dann stimmten andere Mädchen ein: »Gute Nacht, Aaron« … »Gute Nacht, Aaron« …

»Macht's gut«, rief er zurück. »Bis morgen.«

Und als Phil Drake auf der Route Nine langsam nach Hause radelte, fühlte er sich tatsächlich wie ein trauriger Fall.

Doch in den frühen Morgenstunden, sein Geld in der Tasche, die festen Reifen über Asphalt und Beton surrend, dauerte es nie lange, bis es ihm wieder besser ging. Er konnte jetzt einkaufen, sogar Sachen, die er gar nicht brauchte. In den gut ventilierten Tiefen einer altmodischen Eisenwarenhandlung kaufte er eines Tages ein Taschenmesser, einzig und allein deshalb, weil ihm gefiel, wie es in der Hand lag; und später hielt er ein Stück weiter noch mal und besorgte einen Sechserpack Milky-Way-Riegel, weil Rachel oft gesagt hatte, das sei ihre Lieblingssorte.

»Ach wie lieb, Phil«, sagte sie. »Und wie aufmerksam, dass du dich daran erinnert hast.« Doch sie sagte, wenn es ihm nichts ausmache, wolle sie jetzt lieber nichts davon essen; sie wolle die Schokoriegel lieber in den Eisschrank legen und warten, bis sie schön kühl seien. »Und ich wette, du hast nicht mal was für dich gekauft, oder?«

»Doch«, sagte er. »Und zwar keine Kleinigkeit. Guck mal.«

»Oh, schön«, sagte sie. »Das sieht wirklich gut aus. Aber mit meinen langen Fingernägeln kann ich die Klingen wohl nicht herausziehen. Bist du so gut?«

Als er die beiden Klingen, eine lange und eine kurze, mit dem Daumen aufgeklappt hatte, sagte sie: »Wunderbar. Das ist alles, was man braucht bei so einem Messer. Wenn noch was anderes dran wäre, wie das ganze Zeug an einem Pfadfindermesser, wäre es bloß im Weg und würde die Balance zerstören, stimmt's? Das hier ist genau richtig, um Mumblety-Peg oder so was zu spielen ... Sieht besser aus und fühlt sich auch besser an.«

»Schätze schon, ja«, sagte er und nahm es wieder an sich. »Aber daran hab ich eigentlich gar nicht gedacht.«

»Mit elf warst du der beste Mumblety-Peg-Spieler in der Nachbarschaft. Weder da noch bei irgendeinem anderen Spiel, bei dem man ein Ziel treffen musste, konnte ich dich besonders oft schlagen.«

»Hab nichts dagegen, wenn du es so im Gedächtnis behalten willst«, sagte er. »Ich glaube, dass wir eigentlich nie Mumblety-Peg gespielt, sondern nur ein paarmal geübt haben, wie man dabei die Hand hält. Wir haben nur so getan, als würden wir spielen. So war das bei allen Spielen und auch beim Sport; zumindest was mich betrifft.«

»Stimmt ja gar nicht, Phil«, sagte sie. »Du hast richtig gespielt. Als wir in Morristown wohnten, hast du Touch-Football gespielt, und ich bin rausgekommen und hab fast jeden Nachmittag zugeschaut.«

»Rachel, kannst du mal damit aufhören? Touch-Football ist so ziemlich das schlechteste Beispiel, das dir einfallen konnte. Ich hab bloß so getan, als würde ich spielen, und die anderen Jungen hatten mich auf dem Kieker.«

Doch sie meinte es völlig ernst, beharrte auf ihren eigenen lebhaften Erinnerungen, und am Ende ließ er ihr ihren Glauben. Bei bestimmten Dingen war Rachel keine große Hilfe.

Als Evan am Nachmittag nach Hause kam, war es für Phil schon fast Zeit, nach oben zu gehen und sich für die Arbeit fertigzumachen; doch bevor er flüchten konnte, fragte seine Schwester: »Phil? Hast du Evan dein Messer gezeigt?«

Und so brachte er seinem Schwager wie ein schüchterner kleiner Junge das Taschenmesser, damit er es sich ansah und für gut befand.

»Mm«, sagte Evan. »Ja, das ist schön.«

Jetzt musste Phil bloß noch aus dem Zimmer herausgelangen, doch kaum war er die ersten zwei, drei Stufen hinaufgestiegen, da ließ ihn ein kurzes ungläubiges oder belustigtes Schnauben innehalten, und er hörte Evan sagen: »Ist er wirklich sechzehn?«

»Na klar«, sagte Rachel voller Ungeduld.

»Ich fasse es nicht«, sagte Evan. »Als ich in dem Alter war, hab ich schon Frauen flachgelegt.«

»Evan!«, sagte sie.

Phil wusch sich so seelenruhig, als hätte er beschlossen, sich keine Gedanken über Evans Bemerkung zu machen, sie gar nicht an sich heranzulassen; doch er war sich lange unschlüssig, ob er auf dem Weg nach unten und durchs Wohnzimmer die Chauffeurmütze tragen sollte. Er entschied sich für den Kompromiss, den Stoffteil der Mütze in die Gesäßtasche zu stopfen und nur den sichelförmigen Lacklederschild heraushängen zu lassen, um ihn dem Spott preiszugeben – oder um zu zeigen, wie wenig er sich um jeglichen Spott scherte. So verließ er das Haus und legte den Weg zur Einfahrt zurück, wo sein Fahrrad stand; doch erst eine Stunde später hörte er sich laut zu dem Maschendrahtzaun über der Bucht sagen: »Ja, du kannst mich mal, Shepard. Wart's nur ab, du Scheißkerl. Du wirst nicht mehr lange über mich lachen.«

KAPITEL 10

»Liebling?«, sagte Rachel Shepard. »Frühstückst du heute hier? Oder lieber unterwegs?«

»Ich glaube, unterwegs«, sagte Evan. »Das ist einfacher.«

Es war wieder einer der Samstage, an denen er seine Tochter besuchte, und Rachel wusste nie genau, wie sie sich dann morgens verhalten sollte. Wenn sie sich bemühte, gut gelaunt und munter zu sein, befürchtete sie, *zu* gut gelaunt, *zu* munter zu wirken; doch wenn sie durchblicken ließ, wie einsam und eifersüchtig sie den ganzen Tag sein würde, konnte das ein noch größerer Fehler sein. Sie scheute sich, ihrem Mann in die Augen zu blicken, als wäre er jemand, den sie gerade erst kennengelernt hatte; doch wenn sich später die Haustür hinter ihm schloss, verspürte sie neben ihrer Hilflosigkeit immer auch eine unverhoffte Erleichterung.

Vor vier Jahren waren Mary Donovans Eltern an die Südküste gezogen, damit Mr Donovan näher an seiner Arbeitsstelle bei Grumman Aircraft wohnte, und es ließ sich nicht leugnen, dass sie im Umgang mit Evan Shepard nicht mehr so herzlich waren. Ihr neues

Haus wurde von einer Veranda mit starkem Fliegengitter beherrscht, und in letzter Zeit – wie auch an diesem Morgen – vermieden sie es sogar, ihn richtig zu begrüßen. In dem Moment, als er den vom Gehsteig heraufführenden Betonweg betrat, öffnete sich die Fliegentür gerade so weit, dass Kathleen hinausschlüpfen konnte, herausgeputzt und voller Begeisterung, nichts als Arme und Beine und flatterndes Haar, während sie auf ihn zugerannt kam – »Daddy!« –, und er ging in die Hocke und nahm sie in die Arme. Und als er wieder zum Haus hinaufschaute, sah er im Schatten hinter dem Fliegengitter das träge Winken eines weiß bekleideten Arms, das dem Schlängeln eines Fisches an der Oberfläche eines trüben Gewässers glich. Er konnte nicht mal erkennen, ob es Mr oder Mrs Donovan war, doch die Bedeutung der Geste war klar: ein simples Bekenntnis zu geteilter Verantwortung.

»Na, du siehst ja hübsch aus«, sagte Evan. »Ist das ein neues Kleid?«

»Ja. Das hat mir Mom in New York gekauft.«

»Gut.«

Er hatte andere Väter sagen hören, sieben sei »für Mädchen ein schönes Alter«, und jetzt begriff er problemlos, was sie damit meinten. Aus der Ferne mochte Kathleen zart und kopflos wirken, doch aus der Nähe betrachtet, in seinen Armen, strahlte sie eine beruhigende Kraft aus, die auf ein gesundes junges Herz hindeutete. Und siebenjährige Mädchen schienen ihre Väter mit uneingeschränkter Begeisterung anzuhimmeln; auch das war schön.

»Was würdest du heute gern unternehmen?«, fragte er, während er sie vorsichtig auf dem Gehsteig absetzte und an der Hand fasste. »Wir können alles tun, was du willst.«

»Ach, spielt keine Rolle«, sagte sie. »Das können wir später entscheiden, okay?«

Als sie im Wagen saßen, ging er verschiedene Möglichkeiten durch. »Also, wir könnten ein Stück an der Küste entlangfahren und sehen, wie sich die großen Meereswogen am Strand brechen«, sagte er. »Oder, wenn dir das lieber ist, ich *glaube,* ich hab genug Benzin, um bis nach Montauk Point zu kommen, wo der Leuchtturm steht und wo zwischen uns und Europa absolut nichts ist außer einer Unmenge Möwen, die am Himmel einen fürchterlichen Lärm machen.«

»Gut«, sagte sie und rieb sich zwischen ihren dünnen Beinen die Hände. »Das ist bestimmt toll, Dad.«

Als sie um ein, zwei Uhr an diesem Nachmittag in einem Gartenlokal vor den Papptellern mit den Überresten ihrer Meeresfrüchte saßen, war Evan so gelassen, dass er ihr ein paar direkte Fragen zu ihrer Mutter stellen konnte.

»Oh, ihr geht's gut«, sagte seine Tochter, deren butterverschmierte Finger noch mit einer fast leeren Krabbenschale beschäftigt waren. »Sie hat einen neuen Job, und der gefällt ihr wirklich.«

»Was für ein Job ist das, Schatz?«

Es war wohltuend, ihr diese Fragen zu stellen, doch Evan wusste, dass es ein Fehler wäre, noch lange weiterzufragen; er würde spüren müssen, wann es Zeit war, aufzuhören.

»Sie ist stellvertretende Nachtmanagerin bei Bill Bailey's, draußen an der Route Twelve«, sagte Kathleen.

»Du meinst die alte Eisdiele?«

»Ja, aber da ist jetzt alles ganz anders und viel, viel größer. Sie haben alles neu gemacht und das Angebot erweitert. Da kriegt man jetzt fast alles, Hamburger, Pommes und so. Oh, Brathähnchen auch, und Mom sagt, die Leute da sind total nett.«

»Gut«, sagte Evan. »Klingt wirklich gut. Aber hör mal, Schatz: Du hast mir noch gar nichts über die Schule erzählt. Wie läuft's denn so?«

Mürrisch legte sie die Stirn in Fältchen. »Dad, wir haben Sommerferien«, sagte sie. »Es ist Juli, nicht mal August, und in die Schule müssen wir erst wieder ...«

»Das weiß ich doch«, unterbrach er sie und versuchte sich rasch zu retten. »Meinst du etwa, dass ich so was nicht weiß? Hältst du mich für einen unwissenden Banausen oder so? Für einen Vater, bei dem du dich schämen würdest, ihn deinen Freundinnen vorzustellen?«

Jetzt lachte sie, mit einem Funkeln in den Augen, das unglaublich schön war, doch er hütete sich, diesem vorübergehenden Vorteil zu trauen. Er musste sich bald etwas Handfestes, Ernstes für sie einfallen lassen, sonst würde ihr Lachen vielleicht in den entgeisterten, zerstreuten, verwirrten Blick übergehen, den er nie zu deuten wusste.

»Ich meine, *natürlich* hab ich das gewusst, Kathy«, sagte er. »Ich hab bloß gemeint, was für ein Gefühl es ist, bald ins dritte Schuljahr zu kommen. Weil ich weiß, dass dir im zweiten Schuljahr manches nicht gefallen hat – ein paar andere Kinder, die du nicht besonders mochtest und so –, und da hab ich mich gefragt, was du von der Aussicht auf ein weiteres Jahr Schule hältst, das ist alles.«

»Oh«, sagte Kathleen und schob ihren vollgehäuften Pappteller zur Seite wie jemand, der zum Wesentlichen kommt. »Ich glaube, es wird meistens okay sein – ich meine, die meisten anderen Kinder sind total nett und so –, aber da ist so ein schrecklicher Junge.«

Evan wusste sofort, dass er das Gespräch wieder im Griff hatte. Er musste jetzt bloß an den richtigen Stellen nicken oder die Stirn runzeln, während sie ihm von dem schrecklichen Jungen erzählte; danach musste er ihr einen klug klingenden Rat geben (er wusste bereits, wie leicht ihm das fallen würde), und dann waren sie gerüstet für die nächste Unternehmung des Tages.

Der schreckliche Junge hieß Sonny Esposito und war potthässlich und viel zu groß für sein Alter: Er war so groß und stark, dass alle anderen Jungen Angst vor ihm hatten – oh, manche von ihnen mochten so tun, als stimme das nicht, doch es stimmte –, und er lachte lauthals über vieles, das nicht mal witzig war. Schon seit letztem Herbst tat er Kathleen ständig die furchtbarsten Dinge an: Er hatte sie auf dem Schulhof in Pfützen geschubst; er hatte sich ihre beste Strickmütze geschnappt und sie unerreichbar tief in die Lüftungsanlage gestopft; und einmal hatte er sie mit der Hakenstange aus dem Klassenzimmer den Flur entlanggejagt, bis sie in die Mädchentoilette rannte, um sich vor ihm zu verstecken.

»Jedenfalls«, sagte sie abschließend, »ist er mir am letzten Schultag fast bis nach Hause gefolgt, bloß um fies zu mir zu sein; dann stand er lachend auf der Straße und sagte: ›Mit dir bin ich noch längst nicht fertig, Shepard. Wart nur bis nächstes Jahr.‹«

Mindestens für ein, zwei Atemzüge konnte sich Evan auf nichts anderes konzentrieren als die Tatsache, dass der Junge sie »Shepard« genannt hatte. Vor Jahren, schon bald nach der Scheidung, hatten ihn die Donovans taktvoll von Marys Entschluss in Kenntnis gesetzt, ihren Mädchennamen wieder anzunehmen, wegen des Colleges und aus allen anderen persönlichen und rechtlichen Gründen, die sich ergeben könnten; seit damals hatte er angenommen, dass auch seine Tochter Donovan heißen müsse, deshalb war es eine Überraschung. Verflixt und zugenäht: Kathleen Shepard.

»Kathy«, begann er, »darüber brauchst du dir wahrscheinlich keine Sorgen zu machen. Vielleicht versucht der Junge dir bloß zu sagen, dass er dich richtig gernhat. Ist dir der Gedanke schon mal gekommen?«

Doch ihr missmutiger Gesichtsausdruck machte klar, dass allein der Gedanke absurd war. »Ach, *Dad«*, sagte sie.

»Nein, das meine ich ernst«, beteuerte er. »Wirklich. Hör doch: Als kleiner Junge hab ich mich immer gegenüber den Mädchen, die mir am besten gefielen, am schlimmsten benommen. Und es lief wohl darauf hinaus, dass ...«

»So was hast du gemacht?«

»Klar. Und es lief wohl darauf hinaus, dass ich dachte, wenn ich auf ein Mädchen Eindruck machen könnte – egal was für einen –, dann wäre das besser als gar nichts. So. Weißt du, was du bei diesem Sonny Esposito probieren könntest?«

»Was denn?«

»Du könntest probieren, nett zu ihm zu sein. Oh, nicht zu nett – das meine ich nicht –, eigentlich nicht mal *besonders* nett, sondern irgendwie höflich, auf eine ruhige Art. Am ersten Schultag könntest du ›Hallo, Sonny‹ sagen und sehen, was passiert. Es würde mich nicht überraschen, wenn er dann anfängt, auch zu dir höflich zu sein. Siehst du, dass das klappen könnte?«

Kathleen schien darüber nachzudenken. »Na ja ... vielleicht«, sagte sie schließlich, auch wenn sie nicht völlig überzeugt zu sein schien und in ihrem zögernden Lächeln eine gewisse Nachsicht lag. Sie schien damit sagen zu wollen, dass sie hätte wissen müssen, wie nutzlos sein Rat in so einer Angelegenheit sein würde, aber dass ihr das eigentlich nichts ausmachte, weil er in anderer Hinsicht ein guter Vater war.

Es dauerte einen Augenblick, bis er sich erinnerte, wo er so ein Lächeln schon mal gesehen hatte: So hatte ihn in den besten Momenten ihrer Anfangszeit Mary angesehen, wenn er sich in ernstem Ton zu einer komplizierten Frage geäußert hatte, ohne dem Kern der Sache nahezukommen – und diese leichte Nachsicht in ihrem Blick war immer eine schöne, wunderbare Sache gewesen.

Doch er befürchtete, bei Sonny Esposito eine zu weiche Linie zu verfolgen. Seine eigenen äußerst lebhaften Erinnerungen an sein schlimmes Verhalten gegenüber Mädchen stammten aus einer viel späteren Zeit seiner Kindheit, aus dem sechsten, siebten und achten Schuljahr oder danach; er konnte nicht mit Sicherheit sagen, wie er sich in Kathleens Alter benommen hatte, und hätte nicht so tun sollen, als könne er es. Und was, wenn Sonny Esposito wirklich ein bedrohliches Riesenbaby war, das jeder andere Vater eines Mädchens auf Anhieb verabscheuen würde?

»Ich denke, einen Versuch ist es wert, Schatz«, sagte er, »meinst du nicht auch? Nett zu ihm zu sein? Aber wenn er dir weiter Ärger macht, musst du's mir sofort sagen. Okay? Versprochen?«

»Okay«, sagte sie zögerlich.

»Denn dann verständige ich den Direktor und sorge dafür, dass man ihm eine scharfe Rüge erteilt. Oder«, sagte er, sich an seiner eigenen Stimme erwärmend, »ich komme selbst in eure Klasse, hole ihn raus auf den Flur und sage: ›Hör zu, Esposito: Lass mein Töchterchen lieber in Ruhe, sonst kriegst du Ärger, verstanden? Richtigen Ärger.‹«

»Ach, *Dad.*«

»Was denn?«

»Ich weiß nicht, aber das ist einfach albern. So was würden andere Väter nie tun.«

»Und was würden andere Väter tun?«

»Keine Ahnung.«

»Aber ich meine, was für einen Sinn hatte es, mir von diesem Jungen zu erzählen, Kathy, wenn du nicht ein paar Ratschläge haben wolltest?«

»Keine Ahnung.« Sie starrte jetzt in die Ferne, betrachtete die Autos auf dem Highway, und er konnte genug von ihrem Gesicht sehen, um den zerstreuten, verwirrten Ausdruck darin zu erkennen.

»Wie's scheint, kannst du manchmal selbst ziemlich albern sein«, sagte er. Und dann war es eindeutig Zeit, das Thema zu wechseln. »Wollen wir weiterfahren?«, fragte er. »Und vielleicht unterwegs was suchen, was wir tun können?«

»'kay.«

Er wusste nicht genau, was er damit meinte, außer einem Minigolfplatz an der Straße, der ihnen schon bei früheren Ausflügen langweilig geworden war; doch notfalls konnten sie immer dem großen Billigspielzeugladen unweit ihres Zuhauses einen Besuch abstatten.

Als sie sich schließlich von ihm verabschiedete, sich der düsteren Fassade des Hauses ihrer Großeltern zuwandte und demonstrativ beide Arme benutzte, um die paar billigen Sachen zu tragen, die er ihr gekauft hatte, wartete Evan auf das träge Winken hinter dem Fliegengitter und erwiderte es mit einem schwungvolleren, jugendlicheren Winken; dann ging er zum Wagen zurück.

Auf der Heimfahrt überfiel ihn stets eine große Traurigkeit; manchmal hatte er auch Minderwertigkeitsgefühle (»Und was würden andere Väter tun?«) und kam sich wie ein Versager vor. O Gott, eine Scheidung ließ wirklich sehr viel zu wünschen übrig.

Eine Weile fuhr er einfach nordwärts in Richtung Cold Spring Harbor und trat aufs Gaspedal, weil er sonst zu spät zum Abendessen eintreffen würde, doch schon bald hatte er einen sonderbaren Gedanken: zum Teufel mit dem Essen. Die Drakes konnten ausnahmsweise mal ohne ihn essen; vielleicht waren sie sogar glücklicher, wenn er nicht erschien.

Er fand mühelos zur Route Twelve, bog ab und begann ohne erkennbare Eile ostwärts zu fahren. Doch er hätte nicht versucht, jemand anderem etwas über sein Fahrtziel vorzumachen, und machte auch sich selbst nichts vor. Als das lange, leuchtende Bill-Bailey's-Gebäude unter einem dunklen Himmel aus dem Gewirr anderer Häuser auftauchte, sah er sofort, dass Kathleen recht gehabt hatte: Es war weitaus beeindruckender als die einfache Eisdiele, die er in Erinnerung hatte. Mary hatte hier bestimmt ziemlich gute Arbeitsbedingungen, wenn ihr Posten als »stellvertretende Nachtmanagerin« ihr den Stress und die Hektik des Bedienungspersonals am Tresen ersparte, wo die schnellen Snacks und das Geld den Besitzer wechselten.

Er drosselte gerade das Tempo, um zusammen mit anderen hungrigen Gästen abzubiegen, als ihm der Gedanke kam, dass er lieber darauf verzichten sollte: Es war keine gute Idee. Sie arbeitete ausschließlich nachts, und es war nicht mal Abend; jemand würde ihn bitten, später wiederzukommen oder zu warten – und wenn er sich entschloss, in einer makellos sauberen, stickigen

Nische zu warten, würde er, wenn sie hereinkäme und ihn dort entdeckte, so angespannt und unruhig sein wie ein Nervenbündel. Nein, es war besser, in einem anderen Lokal an der Straße zu warten – oder, wenn die lähmenden Zweifel ihm keine Ruhe ließen, einfach umzudrehen und nach Hause zu fahren. Er konnte an einem anderen Abend, an dem er sich besser im Griff hatte, nach Einbruch der Dunkelheit wiederkommen.

Und so fuhr er den ganzen Weg nach Hause, wo Rachel ihm das Essen warm gehalten hatte. Er ließ drei, vier Tage und Nächte verstreichen – bei so einer Sache war Geduld ausgesprochen wichtig –, bis er mutig genug war, es ein zweites Mal zu probieren.

»Willst du noch weg, Liebling?«, fragte Rachel, als sie an diesem Abend nach oben kam und sah, dass er frisch geduscht war und sich ein sauberes Hemd anzog; ihre großen Augen und ihr schmallippiger Mund zeigten, dass sie nicht mal versuchte, ihr Unbehagen zu verbergen.

»Bloß um mal eine Weile aus dem Haus zu kommen«, sagte er. »Bloß um ein Weilchen ich selbst zu sein, das ist alles. Nichts dran auszusetzen, oder?«

Sie versicherte ihm, daran sei nicht das Geringste auszusetzen, was seine Flucht gewissermaßen zu billigen schien, und als er zwanzig Minuten später in Richtung Route Twelve brauste, schwor er sich, diesmal nicht umzukehren.

All die hin und her eilenden Jungen und Mädchen, die bei Bill Bailey's an der Mitnehmtheke arbeiteten, trugen Schiffchen aus gestärkter weißer Gaze, deren Stoff so dünn war, dass die Mädchen sie mit Haarklammern an den Haaren befestigen mussten, und alle schienen so viel zu tun zu haben, dass man sie besser nicht mit privaten Fragen belästigte. Doch dann sah Evan eine Frau mittleren Alters hinter ihnen stehen, die die Aufsicht zu führen schien, und er drängte sich näher, beugte sich leicht über die Theke und rief höflich nach ihr.

»Entschuldigen Sie, Ma'am, wissen Sie, wo ich Miss Donovan finden kann? Mary Donovan?«

»Nein, ich kenne niemanden, der so heißt. Tut mir leid.«

»Oder vielleicht«, sagte er, »vielleicht heißt sie auch Mary Shepard.«

»Ach, Mary *Shepard«,* sagte die Frau. »Natürlich. Mary ist im ersten Stock. Kommen Sie bitte zur Seitentür? Damit ich Sie reinlassen kann?«

Es war ein seltsames Gefühl, auf der anderen Seite eines Verkaufstresens empfangen zu werden, so als dürfe man hinter einem Bankschalter stehen, und seltsam war es auch, eine beleuchtete Dielentreppe hinaufgeführt zu werden, die nach frischem Holz roch und so roh und voller Fingerabdrücke zu sein schien wie an dem Tag, als die Schreiner sie zusammengehämmert hatten. Plötzlich kam er zur halb geöffneten Tür eines kleinen Büros mit ungestrichenen Hartfaserwänden und sah, dass Mary allein vor einem Aktenschrank stand. Sie kehrte ihm den Rücken zu, doch er erkannte sie sofort an ihrem leuchtenden, offenen Haar und ihren Beinen; er brauchte der Tür nur einen Stoß zu geben, um sie ganz zu öffnen.

»Evan«, sagte sie. »Ich … Was machst … Was für eine Überraschung.«

Es war wirklich eine Überraschung. Er war erstaunt, wie ruhig und selbstsicher er war, als sie sich an einen Schreibtisch setzte und ihm den Stuhl daneben anbot; ihn erstaunte auch, wie ungezwungen und freundschaftlich der Beginn ihres Gespräch verlief. Als wollten sie beweisen, wie viel sie noch gemeinsam hatten, begannen sie unverzüglich über Kathleen zu reden, und meinten beide, dass sie ein nettes, kluges kleines Mädchen sei.

»Sie genießt die Zeit, die sie mit dir verbringt, Evan«, sagte Mary. »Sie redet ganz oft von dir.«

»Schön«, sagte er. »Das ist wirklich … erfreulich zu hören.«

Als er sie einlud, irgendwo etwas mit ihm zu trinken, blickte sie auf ihre Uhr – er hatte vergessen, was für schöne Unterarme sie hatte – und sagte: »Ich bin hier erst in einer Stunde fertig, aber klar. Ich meine, dann würde ich liebend gern was trinken gehen, wenn's dir nichts ausmacht zu warten.«

Es machte ihm nicht das Geringste aus. Als er wieder allein draußen im zertrampelten Staub vor der Tür stand, bedauerte er die traurige Aufseherin und all ihre flinken, gestressten, stirnrunzelnden Kinder, denn alle sahen aus, als hätten sie nichts, worauf es sich zu warten lohnte, weder an diesem Abend noch sonst wann.

Während er den größten Teil der Zeit bei laufendem Motor in seinem geparkten Wagen totschlug und versuchte, dem Radio im Armaturenbrett einen halbwegs anständigen Ton oder sogar einen hallenden Klang zu entlocken, rauchte er mehr Zigaretten als vorgehabt. Dieses unkomfortable, beschissene kleine Radio hatte bei ihm nie funktioniert; vermutlich hatte es auch bei den meisten Vorbesitzern nicht funktioniert, doch es war bestimmt einmal der Stolz des Käufers gewesen, der den verdammten Wagen erst vor ein paar Jahren aus dem Ausstellungsraum des Autohändlers gefahren hatte.

Kurz vor Ablauf der Stunde wurde er nervös und wachsam, ließ die diesseitige Tür von Bill Bailey's nicht aus den Augen, und als Mary endlich dort auftauchte, schaltete er den Motor aus und sprang aus dem Wagen, um sie zu begrüßen.

»Mein Gott«, sagte sie. »Ist das wirklich dein Wagen? Ist er neu?«

»Oh, er ist Baujahr vierzig«, sagte er verlegen, »war aber praktisch ein Schrotthaufen, als ich ihn gekauft hab; musste unheimlich viel Arbeit reinstecken, von vorn bis hinten. Aber jetzt läuft er ziemlich gut.«

»Das überrascht mich nicht«, sagte sie, und ihr Blick hatte etwas Neckendes. »Mit Autos kennst du dich ja aus, stimmt's?«

Sie sagte, ein paar Kilometer entfernt gebe es ein ziemlich nettes Lokal, das Oliver's heiße; das einzige Problem sei, dass sie ihren Wagen mitnehmen müsse, damit sie später nach Hause und am nächsten Tag zur Arbeit fahren könne. Ob er ihr in seinem tollen Schlitten einfach folgen könne?

»Sehr gern, Ma'am.« Er ließ die rechte Hand nach oben schnellen, als wollte er die Finger an den Schild einer imaginären Chauffeurmütze legen, und musste kurz an seinen beschissenen kleinen Schwager denken, doch Mary schien die Geste charmant zu finden: Sie kniff die Augen zusammen, lachte ihn kurz strahlend an und versicherte ihm, dass es nicht lange dauern werde.

»Aber wir waren damals noch Kinder, Evan«, erklärte sie eine halbe Stunde später bei ihrem zweiten Drink an einem der halbrunden Tische bei Oliver's. »Wir hätten auch zwölf oder dreizehn sein können, als wir… du weißt schon… als wir geheiratet haben. Kommt's dir nicht auch so vor?«

Er sah sich in dem halbseidenen kleinen Lokal um oder versuchte es und fragte sich, warum die Beleuchtung so schummerig war. (Wurde erwartet, dass man sich hier drin aneinanderschmiegte und knutschte? War es eins dieser Lokale, in denen man es seinem Mädchen mit den Fingern besorgen konnte, während die Musikbox dröhnend irgendeine Schnulze über die Liebe in Kriegszeiten spielte?)

»Okay, klar«, sagte er. »Aber warum hast du dann meinen Namen wieder angenommen und ihn auch Kathy gegeben?«

»Ach, an deiner Stelle würde ich dem nicht viel Bedeutung beimessen«, sagte sie im selben erläuternden Ratgeberton. »Das hab ich vor ein paar Jahren bloß gemacht, als sie in die Schule kam. Kam mir damals dumm vor, es nicht zu tun, und außerdem hat mir ›Shepard‹ als Name stets besser gefallen.«

Er schlug sich nicht besonders gut – so viel war klar –, doch zumindest erlahmte und stockte ihr Gespräch noch nicht; es war noch am Leben. Jeder, der zufällig einen Blick in ihre dunkle Nische würfe, würde sagen, dass sie sich halbwegs gut amüsierten.

»Und was ist aus dem Zahnarzt geworden?«, fragte er.

»Welcher Zahnarzt denn?«

»Du weißt schon. Deine Mutter hat mir mal erzählt, du wärst mit einem Studenten der Zahnmedizin verlobt.«

»Ach du meine Güte. Das war schon vor einer Ewigkeit, ich glaube, in meinem ersten Collegejahr; und wir waren nicht ›verlobt‹ – das muss meine Mutter falsch verstanden haben. Wie du weißt, versteht sie nur selten was richtig.«

Das schien ihm eine ziemlich gute Gelegenheit für die Frage zu sein: Und wie viele andere Männer hattest du? Oder: Und mit wem bist du jetzt zusammen? Doch bevor es ihm gelang, eine der beiden Fragen in Gedanken zu formulieren, ergriff sie wieder das Wort.

»Aber was ist mit dir, Evan? Wie ist deine Frau?«

»Sie ist … süß«, sagte er. »Sie ist unglaublich süß, und das ist wohl ein Teil des Problems. Sie gleicht einem kleinen Mädchen … *ist* ein kleines Mädchen. Ich meine, es war alles okay, als wir in Amityville unsere eigene Wohnung hatten; damals ging es uns gut, aber jetzt wohnen wir mit ihrer verrückten alten Mutter und ihrem beschissenen kleinen … Hör zu, Mary, ich möchte jetzt wirklich nicht darauf eingehen, ist das okay?«

»Natürlich«, sagte sie. »Alles, was du erzählen oder nicht erzählen willst, ist völlig okay für mich.«

Doch Evan hatte ihr bei Weitem nicht so viel über sein Privatleben verraten wollen und kam sich jetzt dumm vor, weil er sich verplappert hatte.

Ein Vorteil der schummerigen Beleuchtung im Raum war, dass fast jedes weibliche Wesen umwerfend aussehen konnte. Wenn er es bloß fertigbrächte, jetzt still zu sein und sich angesichts der zarten Schönheit dieser speziellen Frau zu entspannen – die hübschen, leicht spöttischen Augen, die schönen Wangenknochen und die wallende Haarpracht –, war es immer noch möglich, sich einigermaßen zu amüsieren. Und was zum Teufel hätte er in seiner Dummheit sonst auch erwarten können? »Willst du noch was trinken?«, fragte er.

»Nein, es ist schon spät«, sagte sie, wie er zugeben musste, in halbwegs nettem Ton. Doch als wollte sie seinen Herzschlag und seine Atmung wieder in Gang bringen, fügte sie dann hinzu: »Aber ich hab mich gefragt, ob du vielleicht meine Wohnung sehen willst ... Die ist gleich um die Ecke ... Da könnten wir noch einen Schlummertrunk nehmen.«

Während er ihr auf einer langen, geraden Schotterstraße zwischen Kartoffelfeldern folgte (zum zweiten Mal an diesem Abend war er froh, dass sie bloß eine verstaubte Schrottkarre aus den frühen Dreißigern hatte, denn das deutete darauf hin, dass sie noch nicht mit einem reichen Scheißkerl zusammen war), wusste Evan Shepard, dass er ein Knallkopf und die Witzfigur des

Jahrhunderts wäre, wenn er sich diese Gelegenheit entgehen ließe.

Ihre Wohnung erwies sich als das Erdgeschoss einer ehemaligen Kartoffelfarm, und sie hatte ihr ein einschüchternd intellektuelles Aussehen verliehen, mit Regalen voller Bücher und Schallplatten an fast allen Wänden. Doch Evan glaubte, dass dieser studentische Firlefanz nicht die geringste Bedeutung hatte, wenn es ihm gelang, sich rasch an sie heranzumachen – vielleicht schon jetzt, während sie den Getränkeschrank öffnete –, und er hatte recht. Er brauchte bloß dicht an sie heranzutreten, sie an der Taille zu fassen und »Mary« zu sagen, und schon drehte sie sich um und gehörte wieder ihm.

»Oh, das ist komisch«, sagte sie in seinen Armen. Einen Augenblick dachte er, sie wolle sich ihm entwinden, doch stattdessen sagte sie: »Das ist wirklich komisch, oder? O Evan ...«

Sie stolperten oder strauchelten, sanken auf die auf Sprungfedern liegende Matratze einer Collegeabsolventin – ihre »Schlafcouch« –, und als sie sich wieder aufrappelten, als wollten sie nach Luft ringen, ging es nur darum, sich ihrer Kleidung zu entledigen.

Ach, es mochte saukomisch sein, doch es passierte tatsächlich; es stimmte: Er war von Neuem in Mary verliebt. Oh, da waren die Titten, die ihn an der Highschool verrückt gemacht hatten, und die wundervollen Beine, und da waren ihr lieblicher, feuchter Busch und ihr Hügel, lebendig in seiner Hand. O Gott; o Mary ...

»Evan«, sagte sie immer wieder. »O Evan Shepard ...«

Sie ließen sich Zeit, damit es so lange wie möglich dauerte, sahen keine Notwendigkeit, sich voneinander zu lösen, ehe es längst vorbei war.

Während sein Atem wieder langsamer ging, lag Evan blinzelnd auf dem Rücken, wünschte, sie hätten in dem von Bildung und Kultur strotzenden Zimmer nicht das Licht angelassen, und hoffte, Mary würde als Erste wieder das Wort ergreifen. Doch sie tappte bloß ins Bad und blieb dort so lange, bis er verdattert seine Kleidungsstücke zusammengesucht hatte. Als sie in einem knielangen Baumwollmorgenrock herauskam, war er schon angekleidet und betrachtete die Titel der an einer Wand aufgereihten Bücher.

»Kaffee?«, fragte sie.

Zumindest dafür konnten sie in die Küche gehen, wo es keine Embleme überdurchschnittlicher Intelligenz gab. Schon nach wenigen Minuten war er wieder ziemlich unbefangen und spürte bereits, dass er sich auf der Heimfahrt wie ein richtiger Teufelskerl fühlen würde.

»... Ich hab von deiner Untauglichkeit gehört, Evan«, sagte Mary am Küchentisch, »und natürlich hab ich mich für Kathy gefreut, aber ich hab's auch bedauert, weil ich dachte, dass du bestimmt zum Militär wolltest.«

»Ja, du hast recht, aber was soll's; da kann man eben nichts machen. Außerdem ist das Schnee von gestern. Ich denke nicht... du weißt schon... denke im Alltag nicht mehr so oft daran.«

»Gut«, sagte sie. »Es ist immer wichtig, den Alltag von der Vergangenheit zu trennen, oder?«

Als er zum Aufbruch bereit war, umarmte sie ihn dezent und seltsam zurückhaltend an der Küchentür.

»O Gott, Mary, das war schön«, murmelte er in ihr Haar. »Ist es okay, wenn ich mal wieder vorbeikomme? Ich meine, wenn ich vorher anrufe?«

Es dauerte etwas zu lange, bis ihre Antwort kam. »Schätze schon, klar«, sagte sie schließlich, »solange es nicht zur Gewohnheit wird.«

Und das war der einzige Misston, die einzige große Enttäuschung des Abends, die ihm während der gesamten Heimfahrt und des ganzen nächsten Tages in der Fabrik nicht aus dem Kopf ging.

»Solange es nicht zur Gewohnheit wird« war eine Bemerkung, die nur einem sarkastischen, nur einem »knallharten« Mädchen einfallen konnte, und Evan wusste, das würde ihm tagelang keine Ruhe lassen, denn in den alten Zeiten hatte er Mary nie – nicht mal bei ihren schlimmsten Streitigkeiten – für so ein Mädchen gehalten.

KAPITEL 11

Eines Morgens kam Rachel vorsichtig in einem nicht ganz sauberen Morgenmantel nach unten und blieb an der Schwelle zum Wohnzimmer stehen, als bereite sie sich darauf vor, den anderen etwas mitzuteilen. Sie blickte jedes einzelne Mitglied ihres doppelten Haushalts an – Evan, der seelenruhig die Morgenzeitung aufschlug, Phil, der schon vor Stunden von Costello's nach Hause gekommen war, aber noch keine Lust hatte zu schlafen, und ihre Mutter, die den Frühstückstisch deckte –, und dann rückte sie mit der Sprache heraus.

»Ich liebe euch alle«, sagte sie und betrat mit unsicherem Lächeln das Zimmer. Vielleicht hätte ihre Erklärung, wie sie beabsichtigt hatte, allgemein beruhigend gewirkt, wenn ihre Mutter nicht daran angeknüpft und sie wegen ihrer sentimentalen Bedeutung ausgenutzt hätte.

»Ach, Rachel«, rief sie, »was für süße, wunderbare Worte!« und wandte sich an Evan und Phil, als könnten die beiden so ungehobelt oder dumm sein, dass sie es nicht zu schätzen wussten. »Sind das nicht wundervolle Worte für so ein Mädchen, an einem ganz gewöhnlichen Freitagmorgen? Rachel, wir müssen uns wohl alle für unser kleinkariertes Gezänk und unser egoistisches Schweigen schämen, das werde ich nie vergessen. Du hast wirklich eine wunderbare Frau, Evan, und ich eine wunderbare Tochter. Oh, und du kannst dir sicher sein, Rachel, dass alle in diesem Haus auch dich lieben und wir alle unglaublich froh sind, dass du dich so wohlfühlst.«

Rachel war inzwischen so verlegen, dass sie kaum noch am Tisch Platz nehmen konnte; sie wollte ihren Mann und ihren Bruder rasch entschuldigend ansehen, doch beiden entging die Botschaft in ihrem Blick.

Und Gloria war noch nicht ganz fertig. »Ich glaube aufrichtig, dass wir uns ein Leben lang an diesen Moment erinnern werden«, sagte sie. »Wie die kleine Rachel – vielmehr die kleine, *große* Rachel – nach unten kommt und sagt: ›Ich liebe euch alle.‹ Aber weißt du was, Evan? Ich wünschte, dein Vater hätte heute früh hier sein können, um diesen Augenblick mitzuerleben.«

Plötzlich schien selbst Gloria zu merken, dass sie es übertrieben hatte. Sobald sie verstummt war, nahmen die vier in gebeugter Haltung und eisigem Schweigen ihr Frühstück ein, bis Phil »Entschuldigt mich« murmelte und seinen Stuhl zurückschob.

»Wo willst du denn hin, junger Mann?«, fragte Gloria. »Du solltest lieber sitzen bleiben und erst dein Ei aufessen.«

»Aber ehrlich gesagt, Liebes«, sagte Charles Shepard gerade auf der anderen Seite des Ortes an seinem eigenen Frühstückstisch, »gehen mir langsam die Ausreden aus. Und es ist vielleicht viel einfacher, als du denkst.

Wir müssen uns bloß einmal dort blicken lassen, das ist alles – damit wäre das Ganze erledigt.«

Doch Grace sagte nur, sie sehe noch immer keinen Grund, warum sie die Frau nicht stattdessen herholen könnten. »Wäre es damit nicht abgehakt? Und wäre es nicht ohnehin vernünftiger, wo sie doch weiß, dass ich ans Haus gefesselt bin?«

»Nein«, sagte Charles. Er hatte schon mal zu erklären versucht, dass er Gloria Drake nicht zu sich einladen wolle, weil sie dann keinen Einfluss darauf hätten, wie lange sie bliebe – und, was noch schlimmer sei, weil sie dann vielleicht einfach an anderen Tagen vorbeikommen würde, immer wieder. Geduldig erklärte er es noch mal, aber Grace war zu mürrisch, um zuzuhören.

»Ach, das ist doch albern«, sagte sie. »Das ist Unsinn. Und ich glaube eigentlich nicht, Charles, dass du mich so quälen würdest, wenn du wüsstest, wie sich das auf meinen Blutdruck auswirkt.«

Und so hörte er auf, sie zu quälen. Als sie so weit war, sich für den Rest des Tages auf die Glasveranda zurückzuziehen, half er ihr, langsamen Schrittes dort hinzugehen, zur Sicherheit einen Arm um ihren Rücken gelegt, als könnte sie stürzen.

Obwohl Evan und ein paar eng befreundete Nachbarn Bescheid wussten, hatte sich Charles mit dem Wissen, dass Grace eigentlich gar nicht »ans Haus gefesselt« war, immer allein gefühlt. Mehrmals im Jahr, wenn ein Film lief, den sie unbedingt sehen wollte, bestand sie darauf, dass er mit ihr ins Kino ging, und scheuchte ihn sogar die schummerige Treppe zum ersten Rang hinauf, wo man rauchen durfte, und aus Angst, von jemandem gesehen zu werden, den er aus dem Ort kannte – aus dem Lebensmittelladen oder der Wäscherei –, blickte er sich dann dort oben verstohlen im Publikum um.

Er war sicher, dass er sie, was den Besuch bei Gloria Drake betraf, irgendwann würde überzeugen können, doch dafür war es nicht der richtige Tag. Nachdem er sie mit ihrer leichten Sommerdecke und ihrer Zeitschrift auf der Liege zurückgelassen hatte, konnte er nur noch in die Küche gehen und ihr den morgendlichen Drink mixen.

Phil Drake bekam an diesem Tag nur wenig Schlaf. Er rang mit seinem Kissen und knetete es zu verschiedenen Formen, als könnte das helfen, aber jedes Mal wenn ihn der Schlaf übermannte, bekam er scheußliche Träume, wie sie Kinder bei Fieber haben, und er schreckte immer wieder hoch. Dann war er willkürlichen, wirren Wachträumen ausgeliefert, die keinen Sinn ergaben. Nichts ergab einen Sinn, und er fühlte sich an die Tage in der Schule erinnert, an denen er anderthalb Stunden in nahezu völliger Stille bei der Hausaufgabenbetreuung gesessen hatte, ohne eine Seite des Lehrbuchs umzublättern oder auch nur eine Zeile darin zu lesen.

An seinem ersten Tag in diesem Haus hatte seine Mutter mit dem Zeigefinger die getupfte Gardine an Evans und Rachels Schlafzimmertür zur Seite geschoben (»Oh, gut; sie ist wach«), und ohne daran denken zu wollen, hatte er seit diesem Augenblick gewusst, wie leicht es sein würde, ihnen beim Bumsen zuzusehen. Die Gelegenheit dazu bot sich jeden Abend und fast jeden Nachmittag – und seit er bei Costello's arbeitete, auch frühmorgens –, doch statt einer Versuchung schien es stets eine Verhöhnung oder Parodie all dessen zu sein, was eine derartige Versuchung einschloss. Er wusste, dass er nie zu den Widerlingen gehören würde, die so etwas taten, und oft hatte es unwillkürlich seine Selbstachtung gehoben, wenn er an der Tür mit der leichten Gardine vorbeiging.

Als er an diesem Morgen von der Arbeit zurückgekehrt war, im Haus herumschnüffelte, weil er noch nicht ins Bett gehen wollte, und beobachtete, wie es in allen Zimmern außer ihrem allmählich hell wurde, hatte er allerdings ernsthaft über die Tür und die Gardine nachgedacht. Er hatte sich sogar eine Weile dort hingestellt und, kaum atmend, den Finger ausgestreckt, bis er fünf oder zehn Zentimeter vom Stoff entfernt war, um herauszufinden, was für ein Gefühl es war, so nah daran zu sein, etwas Unverzeihliches zu tun; und als er sich abwandte, hatte er gewusst, dass er das Ganze nicht länger als Verhöhnung oder Parodie betrachten konnte: Es war die Versuchung selbst gewesen.

Doch als er jetzt keinen Schlaf fand und darauf wartete, dass der Tag verstrich, konnte er, abgesehen von der trostlosen, hartnäckigen Vorstellung, dass nichts auf der Welt einen Sinn ergab, keinen klaren Gedanken fassen. Die Kräfte und Geschehnisse in diesem Haus waren unverständlich, und auch wenn er an diesem Abend auf dem Parkplatz herumtappte und seine Quarters und Dimes kassierte, würde nichts einen Sinn ergeben. Wahrscheinlich war es ohnehin nicht viel mehr als Bettelei: Wenn er nicht mehr jeden Abend dort auftauchte, würde das wohl niemandem auffallen. Die Fahrer würden ihre Wagen an den richtigen Stellen parken; die »Planung« würde sich von selbst erledigen; die Gäste würden sich auch ohne die Hilfe von Phil Drakes alberner Taschenlampe zurechtfinden. Dennoch war es besser, zur Arbeit zu gehen, als zu Hause zu bleiben.

Rachel war allein in der Küche – sie war mit Kochen dran –, darum bekam er das Essen von ihr, und das war gut, denn er glaubte, dass er seine Mutter an diesem Abend nicht hätte ertragen können.

»Ich bin mir ziemlich sicher, dass das Kind kommt, bevor du zur Schule zurückmusst«, sagte sie. »Dann könnt ihr euch wenigstens … du weißt schon … ein bisschen kennenlernen.«

»Ja; hoffentlich.«

Vielleicht stimmte es, dass Rachel sie alle liebte; und wenn nicht oder nicht vollends, dann konnte sie jedenfalls überzeugend so tun.

»Du darfst dir nichts draus machen, wenn Evan im Moment etwas schroff und unhöflich ist. Das liegt wohl hauptsächlich daran, dass ihm die Vorstellung, Vater zu werden – besser gesagt *wieder* Vater zu werden –, nicht gefällt, aber er wird sich schon dran gewöhnen.«

Phil versicherte ihr, dass er das verstehe.

Die Arbeit bei Costello's an diesem Abend war kaum mehr als Tagträumerei oder Schlafwandeln, und kurz nach Mitternacht beging er den ersten dummen Fehler des Sommers.

Die linksseitige Begrenzung des Parkplatzes war nicht genau zu bestimmen – man konnte nicht sagen, wo das Grundstück des Restaurants aufhörte und der im Dunkeln liegende Teil des Platzes begann, der zu einer Gulf-Tankstelle gehörte –, und der Manager hatte Phil an seinem ersten Arbeitstag auf dieses heikle Problem hingewiesen. Wenn viel los sei, könne sich das für Phil vorteilhaft auswirken, hatte er erklärt, denn dann könne er drei, vier zusätzliche Wagen auf der anderen Seite der unsichtbaren Grenze unterbringen – die Leute von der Tankstelle würden sich wahrscheinlich nicht darüber beklagen –, doch er müsse auf Highschoolpaare achtgeben, die vielleicht nur dort parkten, um zu »parken«. Wenn möglich, solle er sie mit der Taschenlampe davon abhalten, dort hinzufahren – inzwischen dürften alle wissen, dass es keine Knutschzone sei –, doch wenn sie erst mal dort ständen, sei es wahrscheinlich am besten, sie völlig in Ruhe zu lassen.

Das Problem an diesem Abend war, dass er sich zu weit in diesen heiklen Bereich hineinwagte und die Beifahrertür eines Wagens öffnete, der voller Sex war: Ein Paar war vorn zugange und ein anderes auf dem Rücksitz. Eine offene Flasche Whiskey fiel ihm vor die Füße, und ihr Inhalt tropfte auf den Kies; kurz waren die nackten Titten eines Mädchens zu sehen, bevor sie aufschrie und sich bedeckte, und das Mädchen auf dem Rücksitz rief mit einer Stimme, die für die Highschool zu tief und rauchig klang, »Hal*lo,* Galahad« – all das, bevor er die Tür wieder zuschlug und davonging, als sei nichts passiert. Zehn, zwölf Schritte lang erwartete er, dass sich einer der Jungen oder Männer oder beide von hinten auf ihn stürzen, ihn herumwirbeln und dann zusammenschlagen würden, und als er ungeschoren davonkam, dachte er, das könne nur daran liegen, dass es hell genug gewesen war, um zu erkennen, wie jung und ahnungslos er noch war. Wenig später sprang der Wagen an, wendete auf dem Grundstück der Tankstelle und raste in Richtung Route Nine davon, doch noch lange danach zitterte Phil, und die Taschenlampe lag schweißnass in seiner Hand. Er kam sich dumm vor – das einzige Glück war, dass niemand von Costello's seinen Schnitzer mitbekommen hatte –, und obwohl ihm die Titten des Mädchens nicht mehr aus dem Kopf gingen, zwang er sich den Rest des Abends, besser achtzugeben.

Als um halb vier, eine halbe Stunde vor Feierabend, die Tür des Lieferanteneingangs aufging, fiel ein gelbes Licht auf den Parkplatz, und eine heisere alte Stimme rief: »He, Junge, hast du Lust reinzukommen?« Es war der hagere Tellerwäscher, der ihn mal als traurigen Fall bezeichnet hatte, doch diesmal ging es eindeutig um etwas anderes.

»Aber ich soll doch hier draußen bleiben, bis …«

»Ach, scheiß auf die Autos. Das hier ist wichtiger.«

Hinter dem Lieferanteneingang waren alle putzmunter und ausgelassen: Sie gaben eine Party für Aaron, weil es sein letzter Arbeitstag war, bevor er zum Militär ging.

In der Küche und der Vorratskammer wimmelte es von Leuten, die ihm alles Gute wünschten – sogar der

Nachtmanager war da und hielt lachend einen Drink in der Hand –, und Aaron ging freudig zwischen ihnen umher, schüttelte Hände oder blieb stehen und gab den Mädchen flüchtige Küsse. Er trug noch das weiße Hemd und die schwarze Fliege seiner Arbeitskleidung, doch seine Schürze hatte er bereits zum letzten Mal in den Wäschekorb geworfen.

»Hallo, Phil, freu mich, dich zu sehen«, sagte er im Vorbeigehen, und Phil war beglückt, dass Aaron sich an seinen Namen erinnert hatte.

An einer Wand waren Holzplatten vom Küchenfußboden zu einer kleinen Bühne gestapelt; der portugiesische Oberkellner kletterte hinauf und streckte die Hand aus, um Aaron hochzuhelfen; dann beruhigte sich der Partylärm, und der Oberkellner hielt eine Eröffnungsrede, mit so starkem Akzent, dass nur ein paar Satzfetzen deutlich zu verstehen waren: »... unsere Hochachtung ... unsere anhaltende Bewunderung ... unsere allerbesten Wünsche.« Als Nächstes übergab eine der Kellnerinnen zwei Geschenke, für die offenbar alle Angestellten außer Phil etwas beigesteuert hatten: eine silberne Armbanduhr und ein silbernes Erkennungsarmband für Soldaten. Und als der Beifall verklungen war, wurde es für Aaron, dessen Gesicht vor Dankbarkeit und Verlegenheit noch gerötet war, Zeit zu sprechen.

»Ich weiß gar nicht, was ich sagen soll«, begann er, »außer dass ich euch allen danke – von ganzem Herzen. Oh, und ich freue mich, dass auch meine Freundin Judy heute Abend da ist, denn ich versuche mir ständig was einfallen zu lassen, womit ich sie beeindrucken kann, und das ist bisher das Beste. Bis jetzt hab ich meistens bloß dezent angedeutet, was für ein erstklassiger Footballspieler ich war, aber das Problem daran ist, dass es nicht stimmt: Ich war nur zweite Wahl. Selbst im letzten Schuljahr wurde ich nur zwei- oder dreimal eingewechselt, wenn unsere Mannschaft schon mit circa sechsunddreißig Punkten in Führung lag, aber ich hab immer gedacht, sie würde es nicht rausfinden, weil wir auf verschiedene Highschools gingen, die zwanzig Kilometer voneinander entfernt waren, und wir uns damals nicht mal kannten. Jetzt weißt du jedenfalls Bescheid, Süße« – an dieser Stelle wandte er sich kurz einem lachenden Mädchen zu, das vor den anderen stand –, »und ich kann dir gar nicht sagen, was für eine Erleichterung es ist, dass ich nie mehr auf diese Prahlerei zurückgreifen muss.

Nein, aber das Wichtigste, was ich heute Abend empfinde, abgesehen von tiefer Freundschaft für euch alle … oh, und abgesehen davon, dass ich weiß, wie sehr ihr mir alle fehlen werdet, solange ich weg bin … das Wichtigste ist, dass ich mir keinen schöneren Abschied erträumen konnte.

Ich glaube, niemand weiß, was ihn beim Militär erwartet. Es gibt jede Menge Filme darüber, aber die nehmen genauso wenig für sich in Anspruch, die Wahrheit über das Militär und den Krieg zu zeigen wie die Wahrheit über die Liebe.

Hoffentlich werde ich der Infanterie zugeteilt, denn diese Vorstellung hat mir immer gefallen; und sollten wir je in Europa einmarschieren, werde ich hoffentlich dorthin geschickt statt in den Pazifik, denn meine ganze Familie ist jüdisch. Aber man weiß ja nie; vielleicht lande ich auch beim Nachschub oder einer Soldstelle irgendwo in Nebraska.

Ich weiß, dass ich zu viel rede, aber ich bin gleich fertig. Das Einzige, was ich noch sagen will, ist … Ich will sagen: Gott segne euch. Gott segne euch alle, liebe Freunde, und gute Nacht.«

Ein paar von den Mädchen weinten, während der lange, begeisterte Beifall anschwoll, und die junge Judy kletterte aufs Podium, um Aaron zu umarmen und ihr Gesicht an sein verschwitztes Hemd zu drücken.

Während der ganzen Heimfahrt klang Phil die Party noch in den Ohren, und fast war er wieder geneigt zu glauben, dass alles auf der Welt einen Sinn ergeben könnte. Zumindest wusste er, dass er tief und fest schlafen würde.

Als Phil an jenem Abend nach unten kam, war Rachel allein im Wohnzimmer. Sie saß dort bequem unter einer guten Lampe, mit einem Nähkorb, den man als Requisit hätte nehmen können, um sie zum Sinnbild einer zufriedenen jungen Ehefrau zu machen.

»Ist Evan weg?«, fragte er. »Wohin denn?«

»Keine Ahnung«, sagte sie, und nachdem sie mit den Zähnen ein Stück Faden durchtrennt hatte, gab sie ihm eine ausführlichere Antwort. »Ich weiß nicht, wo er ist, denn ich hab ihn nicht danach gefragt. Weißt du, nicht mal Ehepaare müssen ständig alles voneinander wissen. Ab und zu haben wir alle ein bisschen Privatsphäre verdient, meinst du nicht auch?«

»Oh, klar«, sagte Phil schnell. »Das sollte nicht so klingen, als würde ich ... Klar, ich weiß. Natürlich.«

Dann kam ihre Mutter aus der Küche herein, betupfte geistesabwesend ihr Haar und fragte: »Ist Evan weggefahren, Liebes? Wo ist er denn hin?«

Auch wenn gelegentlich eine Ampel für eine Verzögerung sorgte, kam Evan in der großen flachen Weite der Insel ausgezeichnet voran. Als er hielt, um in einer Telefonzelle den nötigen Anruf zu machen, hatte er schon fast die Kreuzung der Route Twelve erreicht.

»Meinst du, es zählt als ›zur Gewohnheit werden‹«, fragte er, »wenn ich heute Abend vorbeikomme?«

»Ich würde nicht sagen, dass ich mehr Männer hatte, als mir zustehen«, sagte Mary, als sie sich ein paar Stunden später plaudernd im Bett rekelten, »aber weniger waren es bestimmt auch nicht.«

Sie lag auf dem Rücken, das obere Laken ein paar Zentimeter über ihre Brustwarzen gezogen, schien sich nicht bewusst zu sein, was für ein quälender Anblick das war, und Evan bedauerte, dass er dieses Thema angeschnitten hatte.

»Und ich hab sie wohl auch öfter verlassen als sie mich«, sagte sie. »Nein, aber der Einzige, den ich vielleicht geheiratet hätte, war so ein junger Anwalt, bei dem ich meine erste Stelle nach dem College bekam. Wir waren etwa ein Jahr zusammen, und ich fand es richtig herrlich, bis er von einer Reise nach Kansas City zurückkam und sagte, er hätte sich in eine Stewardess verliebt. Das Witzige war, dass ich ihm nicht geglaubt habe – ich dachte, er will mich verkohlen –, aber es stimmte tatsächlich, und so blieb mir nichts anderes übrig, als zu kündigen und den ersten Job anzunehmen, den ich finden konnte, bei einer dummen kleinen Drugstorekette in Hempstead; da blieb ich nur ein paar Monate und fing dann bei Bailey's an. Damit weißt du so gut wie alles.«

Im Gegenzug wollte sie mehr über die Zeit seiner Verlobung mit Rachel erfahren, und schon bald war er mit dem bedauerlichsten Teil der Geschichte herausgeplatzt.

»Oh«, sagte sie, als er ins Stocken kam und verstummte. »Dann habt ihr also vor der Hochzeit gar nicht miteinander geschlafen.«

»Na ja, irgendwie doch. Ja und nein. Das ist schwer zu erklären, okay?« Doch jetzt saß er da und musste es erklären. »Beim ersten Mal bin ich mit ihr in ein mieses altes Hotel in der West Twenty-fifth Street gegangen, und das war einfach ein großer Fehler. Oben im Zimmer war sie so gehemmt und ängstlich und furchtbar nervös, dass auch ich unerklärlicherweise total nervös wurde, und wir haben nicht … du weißt schon … wir haben's nicht besonders gut hingekriegt. Dann hat mir ein paarmal jemand, den ich aus der Fabrik kenne, seine Wohnung in Jackson Heights überlassen, aber auch da lief's nicht viel besser. Zu dem Zeitpunkt hab ich mir einfach gedacht: Okay, was soll's? Warum nicht sofort heiraten; das mit dem Sex wird sich irgendwann von allein einspielen? Verstehst du?«

»Klar.«

»Und so haben wir's gemacht. Nach ein paar Nächten hatte sich alles eingespielt, und seitdem läuft es sehr gut. Und ich meine, es läuft auch jetzt noch sehr gut, aber manchmal wünschte ich mir, wir hätten einen besseren Start gehabt. Ich glaube, ihr geht's genauso.«

Wäre Mary wirklich knallhart gewesen, dann hätte sie in diesem Moment wohl gelacht, doch in ihrem nachdenklichen Gesicht war kein Lachen zu sehen.

»Ich finde es traurig, wenn jemand so unter Druck steht zu heiraten«, sagte sie. »Auch wenn ich wieder schwanger wäre, hätte ich wahrscheinlich kein gesteigertes Verlangen zu heiraten. Mir gefällt es, ledig zu sein, verstehst du? Mir gefällt die Freiheit und dass ich ständig was Neues über mich erfahre. Diese Einstellung hab ich wohl am College gelernt.«

»Ja, und was zum Teufel hast du sonst noch am College gelernt? Wie man diese ganzen verdammten Bücher liest? Wie man fünfzehn Zentimeter über dem verdammten Fußboden sein Bett macht?«

Er wälzte sich von ihr weg, stand mühsam auf und ging in Richtung Küche, um neues Bier zu holen. Er war wütend, ohne genau zu wissen, warum: vielleicht weil er ihr all das peinliche Zeug erzählt hatte – es war einfach keine gute Idee, einer Frau sein Herz auszuschütten –, aber vielleicht auch weil sie ein Jahr mit einem Anwalt zusammen gewesen war.

»Evan«, sagte sie leise, »ich glaube, am College kann man seinen Horizont erheblich erweitern; oder willst du ein Leben lang Mechaniker bleiben?«

Er drehte sich in der Küchentür zu ihr um. »Ich bin kein Mechaniker«, sagte er mit leidenschaftlichem Berufsstolz. »Ich bin Maschinist.«

Doch nachdem er diesen wichtigen Unterschied klargemacht hatte (sie hätte wirklich nicht »Mechaniker« sagen dürfen, verdammt noch mal), war er nicht länger wütend. Er kam mit zwei kalten Flaschen Bier ins Zimmer zurück und sagte, es tue ihm leid; dann erzählte er ihr, dass er die Absicht habe, sobald er es sich leisten könne, aufs College zu gehen. »Vielleicht hab ich nächstes Jahr um diese Zeit schon genug zusammen, denn wir legen regelmäßig Geld zurück – jede Woche; jeden Monat.«

Ihr Bett sah zu niedrig aus, um sich daraufzusetzen, deshalb ging er mit seinem Bier zu einem der einzigen beiden Stühle im Zimmer, um es sich dort bequem zu machen; doch er hätte gern einen Bademantel gehabt, denn es war ein seltsames Gefühl, splitternackt auf einem Stuhl zu sitzen.

»Oh, hoffentlich klappt das, Evan«, sagte sie. »Und wenn du erst mal angefangen hast, wird dir das Leben dort gefallen. Da eröffnen sich einem ganz neue Welten, das kann man sich vorher gar nicht vorstellen.«

»Ja, das hab ich schon gehört. Jeder, der auf dem College war, will mir das erzählen. Ihr haut alle in die gleiche Kerbe, ob ihr's wisst oder nicht. Als würde man mit einem Mitglied der kommunistischen Partei reden.«

Das fand sie offenbar so witzig, dass sie ein liebliches, perlendes Lachen ertönen ließ. Er hatte fast vergessen, wie schön es sein konnte, Mary mit funkelnden Augen lachen zu sehen. Plötzlich war er wieder bei ihr im Bett, wo er hingehörte: Er schlug das obere Laken bis zu ihren Knien zurück und schlief wieder mit ihr, als wäre sie die einzige Frau, die er kannte.

Später, als er sich ankleidete, um nach Hause zu fahren, sagte sie: »Ach, es ist schon immer eine Freude zu beobachten, wie du gehst, wie du dich drehst und bewegst. Und weißt du, was ich auch immer geliebt habe? Zu beobachten, wie du in deinen Wagen gestiegen und losgefahren bist – einfach weil du genau wusstest, was du tust, und deine Sache immer so gut gemacht hast.«

KAPITEL 12

»Charles?«, sagte Grace Shepard eines Tages beim Mittagessen. »Eigentlich können wir Mrs Drake auch heute Nachmittag besuchen, falls du immer noch entschlossen bist, mit mir hinzufahren.«

Das klang so beiläufig, dass er der Sache anfangs nicht traute. Er versuchte sich den Anschein zu geben, als überlegte er; dann sagte er: »Wenn du dazu bereit bist, Liebes, kann ich es problemlos für morgen vereinbaren, oder für irgendwann am Wochenende; wäre das nicht besser?«

»Nein, lass uns heute fahren«, sagte sie, »dann haben wir's hinter uns.«

Sie hatte ihr Frühstück stehen lassen und im Mittagessen nur herumgestochert, jedoch den ganzen Morgen geraucht; daran sah er, dass sie eine Stärkung gebraucht hatte, bevor sie die Entscheidung traf, und jetzt, am frühen Nachmittag, würde sie eine weitere Stärkung brauchen.

Doch inzwischen war es fast August; er hatte seine eigenen Argumente längst satt und wusste, dass er ihren ungewöhnlichen Mut zur Geselligkeit besser ausnutzte, bevor der sie wieder verließ.

Er half ihr, es sich wieder auf der Glasveranda bequem zu machen – »Also, warum überlegst du dir nicht, was du heute Nachmittag Hübsches anziehen willst, und ich hole dich so früh, dass du genug Zeit hast, dich oben noch umzuziehen?« –, und nachdem der Tisch abgeräumt, die Essensreste in den Müll gestreift und das Geschirr zum Spülen aufgestapelt war, rief er Gloria Drake an und sagte, dass sie irgendwann nach vier vorbeikommen würden.

Als das Geschirr gespült war, suchte er sich andere Aufgaben – in einer Küche gab es immer genug zu tun, wenn alles funktionieren sollte. Einmal ging er kurz ins Esszimmer, kontrollierte die Alkoholvorräte in der Anrichte und stellte fest, dass er mit seiner Vermutung über die mehrfache Stärkung richtiglag. Eine Flasche Bourbon, die er am vorigen Abend ungeöffnet hineingestellt hatte, war inzwischen nur noch knapp halb voll. Es mochte ein heikler Nachmittag werden, doch darum kamen sie nicht mehr herum.

In einer anderen Gegend von Cold Spring Harbor, Welten entfernt, war Harriet Talmage zum ersten Mal seit Jahren über ihren Enkel ernsthaft verärgert. Er ging mit weit ausholenden, theatralischen Gesten vor ihrem Sessel auf und ab, als könne man mit ihr nicht vernünftig reden, während ihr immer klarer wurde, dass *er* für Vernunft nicht mehr zugänglich war.

»Weil ich die Frau nicht besonders mag, Gerard, das ist der Grund«, sagte sie. »Ich fand sie an diesem Tag ziemlich ermüdend, das hab ich dir bestimmt auch gesagt, und sehe keinen Sinn darin, noch irgendwas … irgendwas mit ihr zu tun zu haben.«

»Aber findest du das nicht unhöflich? Jemanden einfach so fallen zu lassen?«

»Ich sehe da nichts Unhöfliches«, sagte sie. »Ich war absolut freundlich, als sie uns letzten Monat, oder wann das war, eingeladen hat; ich habe nur gesagt, ich hätte nachmittags schon etwas anderes vor, doch wir würden hoffentlich in Kontakt bleiben.«

»Und? Ist das nicht in Kontakt bleiben? Mal ein, zwei Stunden vorbeizuschauen? Was kann das schaden?«

»Hier geht es nicht um ›schaden‹, Gerard. Und ich weiß gar nicht, warum du so darauf herumreitest. Wenn es dir dermaßen wichtig ist, den kleinen Drake zu sehen, warum fährst du dann nicht einfach mit dem Fahrrad hin?«

»Weil es so schöner wäre, verstehst du das nicht? Wie an dem Tag, als sie hier waren? Wenn ich allein hinfahren würde, wäre das klar durchschaubar.«

Die Worte »klar durchschaubar« verrieten alles. Er war noch in einem Alter, in dem ein unbeliebter Junge andere Jungen so geschickt umwerben musste, als wären sie Mädchen, und die lange unglückliche Zeit an der Schule hatte ihn offenbar unsanft gelehrt, dass klar durchschaubar zu sein der schlimmste Fehler war, den man machen konnte. Schon das hätte fast ausgereicht, um ihr das Herz zu brechen.

Bei der Erziehung des einzigen Kindes ihrer Tochter hatte Harriet nur selten das Gefühl gehabt, ihre Sache gut zu machen – zu oft hatte es unvorhergesehene Probleme gegeben, und zu oft hatte sie sich übereilt für den Weg des geringsten Widerstands entschieden. Seit er sich zu einem höflichen Jungen mit tiefer Stimme entwickelt hatte, hatte sie das Gefühl, auf ihr früheres Urteil stolz sein zu können, doch in Augenblicken wie diesen wusste sie es besser.

Wenn er sich in ein paar Jahren in die ersten Mädchen verliebte, würde er bei jeder neuen Liebe vermutlich eine zu große Hingabe zeigen. Er war jemand, der die Mädchen mit übertriebenen Besitzansprüchen ängstigte, der so etwas sagte wie: »Woher *weißt* du, dass du mich nicht liebst?« Und wenn ihn kein Mädchen allzu lange ertrug, würde er vielleicht an immer untauglichere Mädchen geraten, bis er sich für ein begriffsstutziges junges Ding von der falschen Sorte und vielleicht auch mit der falschen Herkunft entschied; dann könnte er sich ohne Weiteres zu einem dieser trägen, freundlichen, unterbelichteten Männer entwickeln, die von allen bedauert werden.

Dennoch, die Entwicklung seines Charakters ließ sich nicht an diesem unkalkulierbaren Nachmittag klären: Seine nächste wichtige Lektion in Sachen Männlichkeit musste noch warten.

»Oh, Schatz«, sagte sie schließlich, »Wenn es dir wirklich so viel bedeutet, fahren wir natürlich zusammen. Warum sagst du Ralph nicht schon mal, dass er um halb fünf den Wagen bereithalten soll?«

Charles' Anruf ließ Gloria nicht genug Zeit, um das Wohnzimmer richtig aufzuräumen, deshalb hatte sie beschlossen, sich lieber um ihre Kleidung und ihr Haar zu kümmern. Als sie am Fenster stand und durch das herabhängende Laub spähte, das einen Teil der Einfahrt verdeckte, sah sie das Taxi der Shepards halten. Sie sah, wie Charles ausstieg und einer behäbigen, erstaunlich massigen Frau half, erst einen und dann den anderen Fuß auf den Boden zu setzen. Als sie gemeinsam aufs Haus zukamen und sich unter den niedrigen Zweigen duckten, verspürte Gloria beim Anblick von Grace' Körperfülle einen Schauer der Genugtuung, doch dann fiel das Nachmittagslicht spielerisch auf ihr Gesicht, und es war wunderschön. Plötzlich war klar, wem Evan sein gutes Aussehen zu verdanken hatte.

»Endlich«, sagte Gloria. »Wie herrlich, Sie endlich kennenzulernen, Grace.« Sie überlegte, ob sie Grace umarmen und ihr einen Kuss geben sollte – war das unter diesen Umständen nicht angemessen? –, doch ein fast unmerkliches Zucken in Grace' Lächeln hielt sie davon ab, und sie ging, ununterbrochen redend, zum Getränketisch und machte sich dort zu schaffen.

»... Leider ist heute alles etwas unordentlich; wir wollen die Möbel umstellen, aber wie Sie sehen, konnten wir uns noch nicht endgültig entscheiden ...«

Zumindest war Phil da, der mit seinem höflichen Auftreten in bester Privatschulmanier einen guten Eindruck machte, und Rachel würde jeden Augenblick nach unten kommen. In Momenten gesellschaftlicher Anspannung war es für Gloria stets erfreulich zu wissen, dass ihre Kinder salonfähig waren; sie fühlte sich an die erste Begegnung in New York erinnert, wo sie sich, um das Interesse der Shepards wachzuhalten, in ihrer Begeisterung über die beiden Männer wohl um Kopf und Kragen geredet hätte, wenn die Kinder nicht rechtzeitig nach Hause gekommen wären und sie gerettet hätten.

»... Oh, Costello's, natürlich«, sagte Grace gerade. »Und das alte Island Palace, ein Stück weiter draußen. Kennen Sie das Palace?«

»Nein, leider ...«

Dann kam Rachel herein, trug in einem frischen Umstandskleid ihre Schwangerschaft zur Schau und sagte »Oh, Grace!«, mit einer Begeisterung, die Gloria genauso übertrieben vorkam, bis ihr klar wurde, dass Rachel an den geruhsamen Wochenenden ihrer Verlobungszeit vermutlich eine herzliche Beziehung zu ihr aufgebaut hatte.

»Du siehst wunderbar aus, Liebes«, sagte Grace. »Wie das Musterbeispiel einer gesunden, glücklichen Schwangeren.«

»Danke ... Ich hoffe, dass ich gesund bin; aber ich weiß, dass ich noch nie so glücklich war.«

Gloria hatte das Gefühl, außer bei der Oscarverleihung im Radio noch nie eine derart dumme Äußerung über das eigene Wohlbefinden gehört zu haben, und wurde mürrisch vor Neid und Boshaftigkeit. Es erinnerte sie an Curtis Drake in seinen geistlosesten Momenten; doch Rachel kam ja schon immer nach ihrem Vater.

»Oh, das ist schön«, sagte Grace und suchte bei Charles nach Bestätigung. »Ist es nicht schön, wenn eine Ehefrau so was sagen kann?«

Er stimmte ihr zu und sagte sogar, dass so etwas jeden Ehemann mit Stolz erfülle, richtete jetzt aber sein besonderes Augenmerk auf den glänzenden Blick seiner Frau. Das war die hochherzige, überdrehte, »angenehme« Phase ihres Rauschs: Die würde bald zu Ende gehen, aber ihm würde noch genügend Zeit bleiben, sie nach Hause zu bringen, bevor sich ihr Zustand verschlechterte.

»Weißt du, Rachel«, fuhr Grace fort, »von dem Augenblick an, als Evan dich zum ersten Mal mitgebracht hat, wusste ich, dass du für ihn die Richtige bist. Und das wirst du auch immer bleiben.«

Rachel hätte das Kompliment einfach stehen lassen können, doch offenbar war es ein Tag ausschweifender Gefühle. »Nun«, sagte sie, »ihr beide wisst hoffentlich, wie sehr ihr mir ans Herz gewachsen seid.«

Inzwischen hatte Gloria den Verdacht, dass diese drei Fremden sie übergehen und ausschließen wollten; sie wollten ihr das Gefühl geben, mutterseelenallein zu sein, und ebenso gut hätten sie versuchen können, sie umzubringen. Doch sie konnte um ihr Leben kämpfen, auf die einzige Art, die sie kannte: Sie fing wieder an zu reden.

»Grace?«, sagte sie, aber das Geplapper ihrer selbstgefälligen Stimmen bildete ein so solides Hindernis, dass sie es zweimal sagen musste, bevor es ihr gelang, die beiden zu unterbrechen. »Grace? Hat Ihnen Charles je erzählt, wie wir uns in New York alle kennengelernt haben? Und die witzige, wunderbare Art, wie wir …«

»Oh, der kaputte Wagen«, sagte Grace Shepard. »Ja, das ist eine wundervolle Geschichte. Aber es ist seltsam, wissen Sie; man spricht von ›zufälligen Begegnungen‹, aber so was gibt's eigentlich gar nicht, denn *jede* Begegnung beruht auf Zufall, ist es nicht so? Besonders zwischen einem Mann und einer Frau? Selbst das am sorgfältigsten geplante, am sorgfältigsten in die Wege geleitete Treffen, das man sich vorstellen kann – zum Beispiel, wie Charles und ich uns begegnet sind. Damals hatte ich eine enge Freundin, die mir sagte, ich müsste unbedingt zu einem Tanz in Fort Devens kommen, denn dort würde ein Junge anwesend sein, der mir gefallen würde. Und so ging ich hin – obwohl ich gar keine große Lust hatte, denn ich war schon so gut wie verlobt –, und da war er, der absolute Traum von einem jungen Lieutenant, und ich hab ihn sofort geliebt und es in all den Jahren kein einziges Mal bereut.«

»Tja, das ist … schön«, sagte Gloria. »Wirklich wunderbar.« Doch während sie in dieses strahlende, vom Alter gezeichnete Gesicht blickte, wusste sie lediglich, dass sie wünschte, Grace Shepard wäre tot.

»Was soll das denn?«, rief Rachel. »Da kommt so eine … so eine große Limousine in die Einfahrt.«

Phil trat schnell ans Fenster und wandte sich dann an seine Mutter. »Hast du die heute eingeladen?«

»Nein, hab ich nicht«, sagte sie in aller Unschuld, als müsste er wissen, dass sie so etwas nicht tun würde, ohne es mit ihm zu besprechen, doch dann fügte sie hinzu: »Trotzdem finde ich es schön, dass man bei uns jederzeit vorbeikommen kann, du nicht auch?« Sie war etwas ängstlich, aber vor allem froh. Niemand in dieser Familie würde einen Fehler machen, den sich Harriet

Talmage zu Herzen nehmen könnte; und falls Harriet Talmage anfangs überrascht wäre, wie schäbig dieses Zimmer mit den Isolierplatten an den Wänden aussah, so würde sie schon bald feststellen, was für außergewöhnliche Menschen sie alle waren.

»Harriet *Tal*mage«, sagte sie in der Tür. »Wie wunderbar, Sie zu sehen. Und auch Flash. Kommen Sie doch herein und leisten Sie uns Gesellschaft. Ich kann Ihnen leider nichts mehr zu essen anbieten, denn wir sind alle schon bei den Getränken. Das ist meine Tochter Rachel; und das sind Mrs Shepard, ihre Schwiegermutter, und Captain Shepard.«

»Wir sind zufällig gerade vorbeigefahren«, erklärte Harriet, »und da hat Gerard den Vorschlag gemacht, mal kurz reinzuschauen … O ja, vielen Dank; einen kleinen Scotch, wenn Sie haben.«

Phil beeilte sich, die Katze und die Zeitung von dem Sessel zu pflücken, in den sie sich setzen wollte, doch das war bisher der einzige peinliche Moment bei diesem Besuch: Mrs Talmage schien es gewohnt zu sein, sich fast überall heimisch zu fühlen.

»Und wie geht's dir, Phil?«, fragte Flash leise.

»Ach, nicht schlecht. Und dir?«

»Gut.«

Es war Ferris bestimmt nicht leichtgefallen, dieses Wiedersehen zu arrangieren, und es sah ihm ähnlich, zu glauben, dass die Anwesenheit der alten Dame dem Ganzen mehr Bedeutung verlieh. Sollte Phil jetzt etwa sagen »Ich zeig dir mein Zimmer« und mit ihm nach oben gehen? Was war das denn für ein Schwachsinn?

»Ist die Arbeit hart?«

»Sie frisst jedenfalls viel Zeit. Aber ich hab eine hübsche Stange Geld verdient.«

»Gut. Ich weiß bloß nicht …«

»Was weißt du nicht?«

»Ach, schon gut.«

Phil hatte das Gefühl, er würde nie verstehen, wie es dazu gekommen war, dass er hier mit einem der größten Außenseiter der Irving School stand, beide eine Flasche Cola in der Hand, während eine bunt zusammengewürfelte Gruppe von Erwachsenen so tat, als würde sie sich amüsieren.

»Wie lange waren Sie bei der Navy, Captain?«, erkundigte sich Mrs Talmage.

Doch Charles errötete und blinzelte nur kurz vor Verlegenheit, bevor er sagte: »Nein, da hat Mrs Drake leider etwas missverstanden. Wissen Sie, ich war bei der Army und habe … die Bezeichnung ›Captain‹ im Zivilleben nie benutzt.«

»Oh, verstehe«, sagte sie. »Die meisten Männer in meiner Familie waren Seeoffiziere. Mein Vater und mein Großvater waren beide Konteradmirale, und mein Mann schied als Fregattenkapitän aus. Er war fünfundzwanzig Jahre im aktiven Dienst – sehr zu meinem Missfallen, wie ich gestehen muss. Ich kann mich noch erinnern, wie die Leute gesagt haben, dass ihm die Navy wichtiger ist als ich, doch auch jetzt hoffe ich, das war nur ein Scherz. Jedenfalls meistens.«

»Oh, das ist ja entzückend«, sagte Grace Shepard, und ihre undeutliche Aussprache deutete darauf hin, dass sie allmählich müde wurde. Charles riskierte einen weiteren Blick in ihre Augen und sah sich bestätigt: Sie funkelten noch, wurden aber immer lebloser; noch konnte sie eine entzückende Bemerkung erkennen, doch schon in ein paar Minuten würde sie nicht mal mehr einen Schrei hören. Das einzig Gute war, dass sie in einem tiefen, alten Sessel saß und ihr Kopf an der Rückenlehne ruhte: In den ganzen Polstern konnte sie allmählich das Bewusstsein verlieren, ohne dass es jemand bemerken musste, bis es an der Zeit war, sie für die Rückfahrt im Taxi zu wecken – und mit etwas Glück war Mrs Talmage dann schon gegangen.

»Philly?«, rief Gloria. »Warum gehst du mit Flash nicht in den Garten?« Und dann erklärte sie Mrs Talmage, dass der Garten das Schönste an diesem seltsamen, feuchten alten Haus sei.

Phil hatte den ganzen Sommer über gedacht, auch wenn man den Garten von den Steinen, Unebenheiten und Disteln befreite, würde sich überall so viel welkes Laub häufen, dass er nicht schön wäre. Er hatte ein paarmal versucht, das eine oder andere Fleckchen mit dem Rechen und dem Rasenmäher des Vermieters zu säubern, doch die Zinken des Rechens hatten sich immer wieder in langen, feuchten, schlaffen Grasbüscheln verheddert, die den Handrasenmäher nahezu nutzlos machten.

Dennoch hatte Flash Ferris offenbar das Gefühl, dass es der geeignete Ort war, um sich im Schlendern zu unterhalten. Er schien genau zu wissen, was er sagen wollte, und auch wenn seine Worte etwas nervöser klangen als geplant, war ihr Inhalt doch klar und verständlich.

Er sagte, er sehe keinen Grund, warum Phil nicht kündigen und wieder Fahrradtouren mit ihm unternehmen könne. Ob es nicht schade sei, die letzten Ferienwochen zu vergeuden? »Ehrlich gesagt«, gestand er am Schluss, »bin ich nicht mehr oft aus dem Haus gekommen. Ich meine, es macht einfach keinen Spaß mehr, allein rumzufahren.«

Phil wusste sofort, wie leicht es sein würde, dieses Argument mit einem leisen, verächtlich schnaubenden Lachen zunichtezumachen, doch darin lag das Problem: Es würde zu einfach sein, wenn man bedachte, wie offen Flash ihn darum gebeten hatte und dass dem armen Kerl nur so wenig Zeit blieb, sich durch eine Freundschaft für seinen Neuanfang in Deerfield zu wappnen. Es war eindeutig besser, ihm mit einem sorgfältig durchdachten Argument zu antworten.

»Aber das geht nicht, Flash«, begann er, »denn ich brauche das Geld, das ich bis zum September verdienen kann. Ich muss mir ein neues Tweedjackett kaufen – wenn man in einen anständigen Laden geht, kostet so was mehr, als du vielleicht denkst. Und ich brauche noch manches andere: neue Hosen, neue Hemden, neue Schuhe ...«

All das war gelogen – vor Kurzem hatte sein Vater eingewilligt, ihm das Jackett und mindestens eine neue Flanellhose zu kaufen, wenn die Hemden und Schuhe noch bis zu den Weihnachtsferien warten könnten –, doch Flash Ferris zuliebe schienen diese Lügen vertretbar zu sein. »Und wenn dann noch was übrig ist«, fuhr er fort, »dann brauch ich's zum Ausgeben. Letztes Jahr war ich bestimmt der einzige Schüler, der von zu Hause kein Taschengeld hatte.«

Danach trat ein langes Schweigen ein, während sie durch den verwilderten Garten gingen, und Phil hoffte, dass er genug gesagt hatte; doch diese Hoffnung wurde enttäuscht.

»Okay«, sagte Flash schließlich, »wie wär's dann damit: Ich bitte meine Großmutter, dir zweihundert Dollar zu schenken. Dreihundert Dollar.«

Phil war angewidert. Zum Teufel mit dem Freundlichsein. »Ah, Ferris«, sagte er, »du bist hoffnungslos. Ich will vergessen, dass du das gesagt hast, okay? Weil es so dumm ist, dass ich kotzen könnte. Aber eins sag ich dir: Wenn du in Deerfield oder sonst wo rumläufst und den Leuten so was vorschlägst, dann gute Nacht.«

»Okay«, sagte Flash mit jämmerlich leiser Stimme. *»Okay; okay.«*

Phil bedauerte seinen Wutausbruch, wenn auch nicht so sehr, dass er mehr als einen kurzen Blick auf Flashs beschämtes Gesicht warf. In schroffem Ton sagte er, dass er wieder reingehen und sich für die Arbeit fertig machen müsse, und auch das war gelogen, denn er hatte noch ein paar Stunden Zeit. Doch kurz bevor sie hineingingen, warf er Flash ein aufmunterndes Lächeln zu, gab ihm einen Klaps auf die Schulter und rieb mit den Fingerknöcheln fest über seinen Rücken, um ihm zu zeigen, wie dumm der Streit gewesen war, und Flash wirkte dankbar und versöhnlich.

»… Das war, als wir in Pelham wohnten«, sagte Gloria gerade in einem ihrer langen, alkoholgetrübten Monologe. »Ich persönlich hätte mir nie träumen lassen, in ein ödes Mittelschichtstädtchen wie Pelham zu ziehen, ich hab deswegen immer noch Albträume, aber der Vater meiner Kinder hat dort ein Haus für uns gefunden, als wir sonst nirgends hinkonnten, und so kam es dazu. Ich glaube, Rachel hat das nichts ausgemacht – sie ist die Anpassungsfähigste in unserer Familie –, aber Phil hat das Umfeld dort wohl genauso gehasst wie ich. Ich meine, erstens war ich weit und breit die einzige Geschiedene, die Nachbarn waren deshalb sehr ›nett‹ zu mir, falls Sie sich was Schlimmeres vorstellen können, und Phil hat das alles gespürt …«

Phil hatte diese Anekdote, die zeigen sollte, was für ein altkluger kleiner Kerl er mit acht oder neun gewesen war, schon oft gehört und war ziemlich sicher, dass er sich an den Gästen vorbeischleichen und nach oben gelangen konnte, bevor sie zum Höhepunkt der Geschichte kam.

»Jedenfalls werde ich nie vergessen, wie Phil an jenem makellos gedeckten Esstisch saß. Er sah unseren Gastgeber an und fragte: ›Reden Sie immer nur über Versicherungen, Mr Blanding?‹«

Doch das zaghafte Kichern, das die Geschichte im Zimmer auslöste, ging im tiefen, schweren Klang ihres eigenen Gelächters unter.

Harriet Talmage merkte, dass Gerard neben der Armlehne ihres Sessels stand, um zu sagen, dass er bereit sei, nach Hause zu fahren, und sie wünschte, er wäre noch so klein, dass man ihn einfach wegscheuchen könnte. Sie hatte keine Lust, schon aufzubrechen, und daran würde sich wohl eine ganze Weile nichts ändern, deshalb war sie erleichtert, als er sich an der Wand einen Stuhl suchte.

Sie hatte Gefallen an dem schwermütigen Soldaten gefunden, mit seinem stillen Humor und seinen verstohlenen Blicken, in denen die Hoffnung lag, dass sie noch nicht bemerkt hatte, wie betrunken seine Frau inzwischen war. Abgesehen von dieser Frau – und vielleicht war sie ja nicht immer so – würde er bestimmt hervorragend zu ihrem eigenen kleinen Freundeskreis passen.

»Wo waren Sie während Ihrer Militärzeit stationiert?«, fragte sie. »Waren Sie in Übersee?«

»Nur ein paar Minuten, sozusagen, und das ist schon eine Ewigkeit her. Nein, ich habe meine Militärzeit größtenteils hier in den Staaten verbracht, meistens in todlangweiligen …«

Rachel Shepard sprang plötzlich auf, eilte, den Tränen nahe, in Richtung Küche, und ihr war egal, ob irgendjemand sie für unhöflich hielt.

Sie hasste die Pelham-Geschichten ihrer Mutter, denn in Pelham hatte sie die einzigen beiden guten Freundinnen in ihrem Leben kennengelernt, Susan Blanding und Debbie Shields. Sie hatten sich sehr nahegestanden – hatten sich gegenseitig ihre Geheimnisse anvertraut und oft bei einer von ihnen »übernachtet«, um neue Frisuren auszuprobieren, bis tief in die Nacht zu reden und ausgelassen über Jungen zu kichern.

Als Rachel weggezogen war, waren sie sich einig gewesen, dass das nicht unbedingt eine Tragödie sein musste, denn sie konnten sich ja seitenlange, sehnlichst erwartete Briefe schreiben, und eine Weile hielten sie ihr Versprechen. Doch etwas so Zerbrechliches wie eine Dreierfreundschaft kann keine lange Abwesenheit überstehen, und Rachel hatte schon seit Jahren nichts mehr von Susan oder Debbie gehört. Sie konnte nicht sagen, was aus den beiden geworden war, doch vermutlich gingen sie irgendwo aufs College.

Im letzten Winter hatte sie beiden an die Adresse ihrer Eltern einen wohldurchdachten Brief geschrieben, in dem stand, dass sie mit einem wunderbaren Mann verheiratet sei und ihr erstes Kind erwarte; doch sie hatte nicht mit einer Antwort gerechnet, und es war auch keine gekommen.

Sie hatte sich nur in der Küche verstecken wollen, bis das furchtbare kleine Treffen ihrer Mutter vorbei war, doch schon bald, getrieben von einem stärkeren, reineren Aufbegehren, als sie es je gekannt hatte, verließ sie das Haus und ging festen Schrittes zur Straße.

Sie glaubte, noch nie einen hässlicheren, brutaler aussehenden Mann gesehen zu haben als den Chauffeur, der mit dem Hintern an einem Kotflügel von Mrs Talmages Limousine lehnte. Er musterte sie, als sei es das erste Mal, dass er eine Schwangere sah; und was noch schlimmer war, sein lüsterner Blick schien abzuschätzen, wie es wohl sein würde, sie für sich zu haben. Um in der Einfahrt nicht in den Massen von welkem Laub auszurutschen, musste sie sich seitwärts drehen und ihm das Gesicht zukehren, während sie sich an ihm vorbeidrängte – ein schrecklicher Moment –, bevor sie sich wieder der Straße zuwenden und weitergehen konnte. Sie warf einen Blick zurück, um zu sehen, ob er sie noch immer beobachtete, was er tatsächlich tat, und sie zitterte, als sei sie gerade noch mal davongekommen. Unten an der Straße ging sie hinter ein paar immergrünen Sträuchern in Deckung, wo der große Blechbriefkasten stand (dort wurde außer Rechnungen fast nichts hineingesteckt, weil man von niemandem erwarten konnte, einem Mitglied dieser falschen, verrückten Familie einen Brief zu schreiben), doch sie musste nur ein, zwei Minuten warten, bis Evans Wagen kam und langsamer wurde, um abzubiegen. Mit ein paar unsicheren Schritten tappte sie auf die Straße, winkte mit beiden Händen, damit er anhielt, und er wirkte verdutzt.

»Liebling, ich hab dich hier abgefangen, weil ich nicht zulassen kann, dass du heute Abend das Haus betrittst, und ich gehe auch nicht zurück. Hör zu…« Der Rest ihrer Botschaft war so unüberlegt und wirr, dass sie befürchtete, er würde entgegnen, sie rede nur Unsinn, doch er sagte bloß: »Steig ein.«

Später, als er sie in einem billigen Restaurant, das sie an der Route Nine kannten, mit einem Gimlet beruhigt hatte, sprach sie so langsam und unaufgeregt, dass man sie verstand.

»…Denn sie ist wirklich verrückt, Evan; das hab ich erkannt. Und ›verrückt‹ meine ich weder harmlos noch witzig, ich meine völlig von Sinnen. Wirklichkeitsfremd. In ihrer eigenen Welt. Ach, ich werd sie wohl weiter ›lieben‹, egal was mit ihr los ist, aber ich kann nicht mehr mit ihr *leben* – darum geht es. Also hör zu.« Rachel beugte sich über den Tisch, um seine Hand zu ergreifen. »Egal ob es ihr gegenüber fair ist, ich glaube, wir müssen so bald wie möglich raus aus dieser alten Bruchbude. *Das* wollte ich dir sagen.«

Die leuchtenden Augen zu einem liebevollen Lächeln zusammengekniffen, hob Evan sein Glas, als wollte er einen Trinkspruch ausbringen. Er sagte, er sei sehr, sehr froh über ihre Worte. Das sei die beste Nachricht seit Jahren; und jetzt habe auch er eine ziemlich interessante Neuigkeit.

Ob sie noch wisse, dass er mal einen Frank Brogan aus der Fabrik erwähnt habe? Der Mann, der ihnen damals vor ihrer Hochzeit seine Wohnung in Jackson Heights überlassen habe? Frank könne jetzt jeden Tag eingezogen werden – wann, wisse er nicht, denn die Einberufungsbehörde könne nichts Genaues sagen –, und er habe angeboten, Evan die Wohnung zu übergeben, sobald er alles ausgeräumt habe. Ob das nicht eine günstige Gelegenheit sei?

»Denn ich meine, viele Leute, die zum Militär gehen, vermieten ihre Wohnung nur weiter, um einen Riesengewinn zu machen, aber Frank will sich damit nicht herumschlagen: Wir würden genauso viel zahlen wie er. Oh, ich weiß, dass dir die Wohnung nicht besonders gefallen hat, Liebes, aber wir könnten alles nach unseren Vorstellungen ummodeln – alles so machen, wie du es haben willst.«

Sie sagte, dass es schön wäre, Frank Brogans Wohnung zu bekommen, auch wenn ihre Erinnerungen daran keine große Begeisterung weckten: eine karge, schäbige Männerwohnung, in der sie ein ganzes Wochenende am Rande der Hysterie zugebracht hatte, weil sie befürchtete, Evan für immer zu verlieren, wenn sie ihre Angst vor dem Sex nicht überwand. Doch es war nur ein Angebot; es konnte sich leicht etwas Besseres ergeben.

Als ihr Essen kam – zwei Teller mit lauwarmem Seezungenfilet und gekochten Kartoffeln –, erzählte sie ihm mehr von dem aufrüttelnden Nachmittag. »Ach, und deine Mutter ist blau, Evan. Ich meine, ich hab sie schon mal betrunken erlebt, aber heute war es anders: Sie war wie einbalsamiert. Es war, als würde man eine Leiche in einem Sessel anschauen. Und dein Vater kann sie erst nach Hause schaffen, wenn diese schreckliche Millionärin gegangen ist – und die denkt gar nicht dran, sondern redet die ganze Zeit und trinkt ein Glas nach dem anderen. Sie ist bestimmt schon fünfundsiebzig, scheint aber das gleiche Faible für deinen Vater zu haben wie meine Mutter. Ach, und man sieht, dass meine Mutter die Konkurrenz spürt und darauf anspringt … Moment. Entschuldige mich einen Augenblick.«

Rachel bauschte ihr Kleid mit der Hand hinten zusammen und ging auf die Damentoilette. Sie blieb lange weg, und als sie zu ihrem Stuhl zurückkam, war sie leichenblass.

»Liebling?«, sagte sie. »Hör mal, du brauchst keine Angst zu kriegen, aber ich glaube, die Geburt ist gerade hier im Restaurant losgegangen. Ist das nicht unglaublich?«

KAPITEL 13

Früh am nächsten Morgen brachte Rachel im Huntington General Hospital einen Sohn zur Welt. Das Baby war gesund und wohlgestaltet, und wenn man berücksichtigte, dass es zwei Wochen zu früh gekommen war, war es dem Arzt zufolge eine leichte Geburt gewesen.

Auf Rachels Anweisung hin (»Ist mir egal, ob meine Mutter das je herausfindet«) rief Evan als Ersten Curtis Drake an, der hoffte, um neun Uhr im Krankenhaus sein zu können.

Danach meldete er sich bei seinem eigenen Vater und merkte sofort, dass es zu Hause Probleme gab.

»Das sind ja… tolle Neuigkeiten, Evan. Dann rufe ich Gloria an und bringe sie mit. Aber das wird noch eine Weile dauern, denn hier ist noch einiges zu tun. Weißt du, deine Mutter hatte eine schwierige Nacht und fühlt sich nicht wohl.«

Auch Gloria fühlte sich nicht wohl, doch sie war ziemlich sicher, dass es ihr gelungen war, am Telefon die angemessene Freude zu zeigen.

Früher, besonders während der Prohibition, war ein Kater manchmal fast so ein Abenteuer gewesen wie das

Trinken selbst: Man konnte den ganzen Tag in geistesabwesendem Müßiggang vertun, unbeschwert und oft mit dem Menschen lachen, mit dem man sich am Abend zuvor betrunken hatte, und misstrauisch verschiedene Hausmittel ausprobieren, bis es an der Zeit war, mit ganzem Herzen zuzustimmen, dass ein bisschen Alkohol wohl doch die beste Medizin war.

Das Alter und die Einsamkeit hatten all das zerstört. Der einzige Vorteil war, dass man jetzt von Anfang an wusste, welche Medizin die beste war, und nicht zögerte, davon Gebrauch zu machen. An jedem anderen üblen Morgen hätte sie einen ordentlichen Schluck Whiskey in das Glas auf dem Nachttisch gegossen, ihn im Bad mit etwas Wasser verdünnt und alles hinuntergestürzt, bevor sie auch nur versucht hätte, sich anzuziehen; doch an diesem Tag war Anstand gefragt. Kleidung und Schminke kamen als Erstes; dann ging sie nach unten, machte Kaffee, erstaunt über ihr Geschick und ihre Geduld, und brachte es fertig, sich fast eine ganze Tasse einzuverleiben, bevor sie ihre Medizin wie eine Dame einnahm: mit Eis.

Jetzt konnte sie wieder atmen. Sie konnte zur Besinnung kommen und warten, bis Charles' Taxi in der Einfahrt hupte. Und sie war bereit für jeglichen kleinen Scherz, der sich ergeben mochte (»Aber das Problem ist, dass ich mich nicht wie eine Großmutter fühle, Charles; können Sie mir dabei helfen? Ich weiß nicht mal, wie sich eine Großmutter fühlen sollte«).

»Evan hat gesagt, es war eine leichte Geburt«, sagte Charles, »aber bei so etwas kann man wohl nie von

›leicht‹ sprechen, oder? Kein Mann kann behaupten, die Leiden einer Geburt zu verstehen.«

Bei strahlendem Sonnenschein fuhren sie auf dem glatten, elastischen Rücksitz des Taxis zusammen nach Huntington, doch witzigerweise hätte Gloria schwören können, dass sie immer noch allein mit ihrer Medizin am Küchentisch saß. Anstand hin oder her, es war offenbar einer dieser benebelten Tage ohne Rücksicht auf logische Ordnung, an denen unwichtige Ereignisse und Übergangsmomente sofort aus dem Gedächtnis verschwanden. Am besten würde sie Charles gar nicht fragen, ob er ihr helfen könne, sich wie eine Großmutter zu fühlen, denn sie wusste nicht, ob sie denselben Wunsch in denselben Worten nicht schon mal in der Einfahrt oder irgendwo unterwegs geäußert hatte. Von jetzt an musste sie jedem Augenblick besondere Aufmerksamkeit schenken, sonst entglitt ihr der ganze Tag.

Etwas, das sie ganz deutlich erfasste und sich unbedingt merken wollte, war, dass nicht einmal einen Block vom Krankenhauseingang entfernt ein geschmackvoll aussehendes Lokal namens Crossroads Restaurant and Lounge lag. Wenn sie auf der Entbindungsstation ihren Pflichten nachgekommen waren, konnten sie wie zufällig auf ein paar eiskalte Martinis und ein gutes, leichtes Mittagessen im Crossroads Restaurant and Lounge vorbeischauen.

»Setz dich doch einfach, Gloria«, sagte Charles im verwirrenden Gewimmel des Krankenhausfoyers. »Ich versuche rauszufinden, wo die Entbindungsstation ist, aber in so einem riesigen Gebäude kann das einen Augenblick dauern.«

Sie wurden in einen Aufzug voller Neger, Krüppel und Idioten gedrängt, die Pappbecher mit heißem Kaffee in der Hand hielten und sich gegenseitig einen guten Morgen wünschten, als wäre es der letzte Tag der Welt. Dann gingen sie mehrere Flure entlang, die in die falsche Richtung führten, und als sie schließlich den Winkel fanden, in dem Rachel in einem hohen, starren Bett lag, stand da Curtis Drake in seinem dunklen kleinen Gabardineanzug.

Gloria war überrascht. Sie wollte, dass er sofort verschwand, doch er würde bleiben, lächelnd, zufrieden, dass er ein Dutzend Rosen mitgebracht hatte, deren geneigte Köpfe das blasse, müde Gesicht seiner Tochter noch zu betonen schienen.

»Gloria«, sagte er. »Ist das nicht unglaublich? Ist das nicht toll? Und Mr Shepard; wie geht's Ihnen, Sir?«

Rachel war noch erschöpft, aber äußerst redselig, und als Erstes teilte sie ihnen mit, dass Evan die ganze Nacht bei ihr geblieben sei – er sei wie ein Lämmchen gewesen und habe das Krankenhaus erst vor Kurzem verlassen, um zur Arbeit zu fahren. »Und habt ihr Evan Charles Shepard junior schon gesehen? Ach, was für ein hübscher Junge. Geht ihn euch ansehen, okay? Wendet euch draußen an eins der Mädchen.«

Der Junge, den eine Krankenschwester mit steriler Maske zur Begutachtung hinter der Glasscheibe hochhielt, sah mit seinem wackelnden Kopf und dem in einem stummen Schrei aufgerissenen Mund aus wie jeder andere Säugling – weder besser noch schlechter.

Da weder Gloria noch Charles eine treffende Bemerkung einfiel, murmelten sie ein paar höfliche Floskeln und kehrten an Rachels Bett zurück.

»… Wir werden ihn in keiner Weise vernachlässigen, Daddy«, sagte Rachel gerade, »werden uns ihm aber auch nicht aufdrängen … Wir werden unsere Probleme nicht zu seinen machen, wenn du verstehst, was ich meine. Ich weiß, es ist albern, so zu reden, obwohl er nicht mal einen halben Tag alt ist, aber ich …«

»Ich finde das gar nicht albern, Liebes«, versicherte Curtis ihr. »Ich finde es großartig.«

Gloria warf einen Blick hinter das herabhängende gelbe Tuch, das so etwas wie Privatsphäre sicherstellen sollte, und dort lag ein anderes Mädchen oder eine Frau, mit gespreizten Beinen und angezogenen Knien, sodass man ihre Monatsbinde sehen konnte.

»Ach, und noch was«, sagte Rachel. »Sollte er blitzgescheit sein, dann werden wir ihn immer ermuntern, das Beste aus seiner Intelligenz zu machen, und sollte er irgendwie begriffsstutzig sein, dann werden wir ihn nie überfordern …«

Irgendwas am Geplapper ihrer Tochter ging Gloria schon die ganze Zeit auf die Nerven, und plötzlich wusste sie, was es war: Rachel redete mit zusammengebissenen Zähnen, entweder weil sie noch Schmerzen hatte, oder weil sie glaubte, sie spräche so leiser, aus Respekt vor ihrer Zimmergenossin hinter dem Tuch, doch es bewirkte nur, dass sie seltsam klang. Formulierungen wie »das Beste aus seiner Intelligenz« und »sollte er irgendwie begriffsstutzig sein« hatten etwas Knackendes, Spuckiges, das einzig und allein Curtis Drake großartig finden konnte.

»Wegen Evans Ausbildung und Beruf müssen wir vielleicht oft mit ihm umziehen«, sagte Rachel, »doch wir werden ihm nie das Gefühl geben, dass er kein Zuhause hat. Überall, wo wir hingehen, nehmen wir unser Zuhause mit, denn dieses Zuhause bleibt sich immer gleich; versteht ihr?«

»Klar, Süße«, sagte Curtis, »aber meinst du nicht, du brauchst jetzt etwas Ruhe? Zum Reden haben wir später noch jede Menge Zeit.«

»O ja, jede Menge Zeit«, sagte Gloria. »Du wirst zum Reden jede Menge Zeit haben, wenn sie die Zähne nicht mehr zusammenbeißen muss, weil ihre Mutter da ist, und das wird wirklich großartig sein. ›Großartig‹ – ach, was für ein albernes Wort das ist, und mein Gott, was für ein alberner Zwerg du bist, Curtis. Hör zu, Rachel …«

»O nein. Bitte«, sagte Rachel. »Bitte. Daddy? Charles? Könnt ihr sie einfach rausbringen? Könnt ihr sie rausbringen, ehe ich …«

»Hör zu«, sagte Gloria wieder. »Willst du wissen, warum ihr nie ein Zuhause hattet?«

»Oh, sie ist verrückt, Daddy; sie ist wirklich verrückt. Wenn ihr sie nicht rausbringen könnt, dann lass ich jemanden die Dingsda, die Psychiatrie, verständigen, und da wird sie in eine Zwangsjacke gesteckt und eingesperrt. Das meine ich ernst.«

»Ihr habt nie ein Zuhause gehabt«, sagte Gloria, »weil euer Vater ein Feigling und ein Feigling und ein Feigling ist.«

Curtis hatte einen ihrer Oberarme ergriffen, und Charles fasste sie am anderen. Sie führten sie schnell auf den Flur hinaus und hielten sie dort fest, da sie nicht wussten, was sie sonst tun sollten. Ihre Versuche, sich loszureißen, waren zugleich schwach und kräftig, und sie redete dabei immer weiter: »... verweichlichtes kleines feiges Schwein. Ach, Schwein. Schwein ...«

»Kann ich Ihnen helfen?«, erkundigte sich ein junger Mann. Für einen Arzt sah er nicht alt genug aus, doch er hatte ein Stethoskop um den Hals geschlungen, wie sehr junge Ärzte es öfters tun.

»Ja, vielleicht«, begann Charles. »Wir suchen die Psych...«, und wäre Curtis ihm nicht ins Wort gefallen, hätte er »die Psychatriestation hier« gesagt.

»Nein, schon in Ordnung. Wir brauchen bloß einen Aufzug.«

Von da an hatte eindeutig Curtis das Sagen. Es war Curtis, der sie in einen glücklicherweise ziemlich leeren Aufzug bugsierte – »Feigling; Schwein« –, und es war Curtis, der sie allein zwischen den hastenden Angestellten, den abgestellten Rollstühlen und den Blumen im Foyer hindurchlotste. Im blendenden Licht vor dem Haupteingang pfiff er ihr ein Taxi herbei und schob sie mit den Worten »Ruhig, ganz ruhig« vorsichtig auf den Rücksitz. Charles wurde nur gebraucht, um ihre genaue Adresse in Cold Spring Harbor anzugeben; danach war es Curtis, der dem Fahrer einen Fünfdollarschein in die

Hand drückte und sagte: »Sei vorsichtig mit ihr, Junge. Die Frau ist seelisch labil.«

»Sie ist was, Sir?«

»Geisteskrank. Kapiert?«

Sie gingen noch mal kurz nach oben, um Rachel zu trösten – »Lieb von euch, dass ihr zurückgekommen seid«, sagte sie, »aber mir geht's gut. Wirklich, alles in Ordnung« –, und danach schlenderten die beiden wie gute Freunde in die dunkle, klimatisierte Bar des Crossroads Restaurant and Lounge.

»Ich finde, das haben Sie ausgezeichnet gemeistert, Curtis«, sagte Charles. »Wäre es mir überlassen geblieben, hätte ich vielleicht alles noch schlimmer gemacht.«

»Tja, ihre ... Auftritte können sehr unangenehm sein, doch ich hab ihr schon über schlimmere Momente hinweggeholfen. Sie wird sich eine Weile ziemlich schämen, und danach geht's ihr wieder gut ... zumindest so gut, wie's ihr gehen kann. Und außerdem ...« Curtis blickte nachdenklich in sein Glas. »Und außerdem glaube ich, dass unsere Freunde von der Psychiatrie erst noch eine ganze Menge lernen müssen.«

»Oh, da stimme ich Ihnen zu«, sagte Charles. »Da bin ich wirklich ganz Ihrer Meinung. Bei meiner eigenen ... einem Mitglied meiner eigenen Familie habe ich das genauso gesehen.«

»Vielleicht bin ich irgendwann imstande, diesen kranken kleinen Scheißkerlen zu vertrauen – der Krieg dürfte ihnen wohl die eine oder andere Lehre erteilen –, aber zurzeit noch nicht. Noch nicht. Sie stochern bloß im Nebel.«

»Genau.«

Erst als sie bei ihrem zweiten Drink waren und sich freudig geeinigt hatten, zum Mittagessen zu bleiben, sagte Charles Shepard: »Soll ich Ihnen mal was Witziges verraten, Curtis? Ich weiß nicht mal, was für einen Beruf Sie haben. Ich meine, Sie sind Geschäftsmann, klar, aber ich habe eigentlich nie ...«

»Nein, ›Geschäftsmann‹ ist nicht ganz richtig. Ich bin, wenn man so will, kein Offizier, sondern eher so was wie ein Unteroffizier. Ich arbeite für Philco Radio, das ist alles. War jahrelang im Außendienst; dann hab ich eine Stelle in der Verkaufsleitung übernommen. Ich bin einer von vier stellvertretenden Verkaufsleitern für den Großraum New York.«

»Das klingt sehr ... Das ist wirklich interessant. Ein guter Freund aus meiner Militärzeit ist achtundzwanzig oder neunundzwanzig in die Radiobranche eingestiegen, und ich *glaube,* er hat bei Philco angefangen. Vermutlich sagt Ihnen sein Name nichts – Joe Raymond?«

»Nein, hab ich noch nie gehört«, sagte Curtis. »Aber beim Verkaufspersonal hat es seit neunundzwanzig eine ziemlich große ... Sie wissen schon ... eine ziemlich große Fluktuation gegeben.«

Charles sagte, das könne er sich gut vorstellen.

»... Und wie ging's ihr, als sie nach Hause kam?«, fragte Rachel an jenem Nachmittag ihren Bruder. »War sie immer noch völlig von Sinnen?«

»Keine Ahnung. Ich meine, ich weiß es wirklich nicht, Rachel, weil ich sie nicht gesehen hab. Sie hat an meine Tür geklopft und gesagt, das Baby wär da; dann hab ich das Fahrrad geholt und bin sofort hergekommen. Sie war wohl in ihrem Zimmer, als ich gegangen bin.«

»Oh. Vielleicht bleibt sie jetzt tagelang in ihrem Zimmer und versucht uns ein schlechtes Gewissen zu machen, weil *sie* sich schlecht fühlt. Daddy hat gesagt, sie braucht ihre Scham genauso wie die Wutausbrüche, bloß hat er sie ›Auftritte‹ genannt. Er hat gesagt, es ist ein Kreislauf, und er kennt ihn schon seit der Zeit vor ihrer Hochzeit. Ach, aber hör mal: Lass uns nicht mehr davon reden, okay? Tut mir leid, dass ich dir überhaupt erzählt habe, was passiert ist. Also pass auf: Warum gehst du dir nicht mal deinen Neffen ansehen? Wende dich einfach draußen an eins der Mädchen. Mal sehen, ob du auch meinst, dass er seinem Vater wie aus dem Gesicht geschnitten ist.«

»Gut«, sagte Phil. »Ich seh ihn mir mal an.«

In den nächsten beiden Wochen zog sich Gloria völlig zurück. An kleinen Überresten, die sich allmorgendlich in der Küche fanden – einem Spritzer Milch, einem Eierfleck oder einem Fleischbröckchen auf der Küchentheke –, war erkennbar, dass sie nachts nach unten kam, um zu essen, doch ihr Schlafzimmer hatte sich in ihre Festung und ihren Tempel verwandelt, und abgesehen vom gelegentlichen Knarren der Dielen war dort kein Geräusch zu hören.

»Oh, ich weiß, dass ich wahrscheinlich reingehen und mit ihr reden könnte«, erklärte Rachel ihrem Mann nach der ersten Woche, »aber dazu hab ich eigentlich keine Lust. Ich will nicht.«

Und während Evan seine Zeitung aufschlug, murmelte er, dass es manchmal besser sei, sich nicht einzumischen.

»Ich würde gern Daddy anrufen und ihn um Rat fragen, aber das ist sinnlos, denn ich weiß, er würde bloß sagen, dass man da nichts machen kann.«

»Stimmt«, sagte Evan und schüttelte die Zeitung zurecht. »Und wenn du sie schon ständig verrückt nennst, dann kannst du sie auch verrückt sein lassen.«

Insgeheim dachte Evan, dass man von ihm nicht erwarten konnte, irgendeiner düsteren Familienkrise große Aufmerksamkeit zu schenken, während seine wahren Herzensinteressen meilenweit weg waren.

»Daddy?«, sagte Kathleen bei einem ihrer gemeinsamen Samstagsausflüge. »Mom sagt, dass ihr beide wieder gute Freunde seid.«

»Und was ist so schlimm daran, Süße? Wer sagt denn, dass Geschiedene nicht gute Freunde sein können?« Während er die Hand vom Lenkrad nahm und ihr das Haar zerzauste, fand er es äußerst angenehm, zu wissen, dass er schon in wenigen Stunden ihre Mutter in den Armen halten würde.

Auch Phil Drake hatte inzwischen andere Interessen. Seit der Abschiedsfeier von Aaron stand er mit dem Küchenpersonal und den Kellnerinnen bei Costello's auf vertrautem Fuß. Er musste nicht mal mehr zu Hause essen, weil man ihm auf der Arbeit mit der stillschweigenden Billigung des Managers üppige Mahlzeiten zubereitete (»Der Junge muss mal ein bisschen zulegen, oder? Falls wir ihn noch zur Verteidigung unseres Landes brauchen?«).

Als er eines Abends kurz vor Einbruch der Dunkelheit, begeistert vom Essen und der Kameradschaft, aus dem Lieferanteneingang trat, sah er Mrs Talmages Limousine auf den Parkplatz biegen. Ralph fuhr so langsam an den geparkten Wagen vorbei, als würde er eine Stadtrundfahrt machen, und seine beiden lächelnden Fahrgäste waren Flash Ferris und ein wesentlich kleinerer Junge.

»Wollte dich bloß mal kontrollieren, Drake«, rief Ferris, als die Limousine hielt. »Um sicherzugehen, dass du dich auch anstrengst.«

»Gut«, sagte Phil und setzte seine Mütze richtig auf. »Schön, dass du vorbeischaust.«

»Das ist Rod Walcott. Er fängt auch in Deerfield an.«

»Hallo, Rod.«

»Hi.«

Der Junge war vielleicht zwölf, kaum alt genug fürs Internat, doch in Flashs Beisein straffte er die Schultern und bemühte sich sichtlich, älter zu wirken.

»Deerfield hat allen Neulingen einen Brief geschickt«, erklärte Flash, »damit wir uns treffen können, wenn wir wollen, und Rod ist der einzige andere von diesem Teil der Insel. Ich meine, er ist noch klein, aber du solltest ihn mal auf seinem Fahrrad sehen: Der Junge kann wirklich in die Pedale treten.«

»Gut.«

»Nicht viel los heute Abend«, bemerkte Flash.

»Gewöhnlich geht's erst richtig los, wenn es dunkel ist; dann muss ich mich ins Zeug legen, wenn ich was verdienen will.«

»Aha. Ich hoffe, du verdienst richtig gut.«

Phil warf seine Taschenlampe in die Luft und fing sie nach einer vollen Umdrehung geschickt wieder auf, wie es Tennisspieler manchmal mit ihren Schlägern tun.

»Und was ist mit dem Marine Corps, Flash?«, fragte er. »Hast du immer noch vor, dich nächsten Winter zu bewerben?«

Flash blinzelte, zog verschämt den Kopf ein und schien unter Rod Walcotts ungläubigem Blick etwas zu schrumpfen; dann sagte er, er habe sich noch nicht entschieden. Vielleicht, vielleicht auch nicht. Er überlege noch.

Kurz bevor die Limousine losfuhr, drehte sich Ralph auf dem Fahrersitz um und nickte Phil träge mit einem höhnischen Zwinkern zu, um ihm klarzumachen, dass ihm keine Nuance des Gesprächs entgangen war. Offenbar entging Ralph auch nicht die kleinste Schwäche auf dieser Welt.

Rachel hatte gerade das Baby gestillt und für ein spätmorgendliches Nickerchen hingelegt, als sie zu dem Schluss kam, dass ihre Mutter sich jetzt lang genug abgeschottet hatte. Als sie auf Zehenspitzen das Kinderzimmer verließ und die Tür hinter sich schloss, wusste sie sofort, wie einfach und natürlich es sein würde, etwas gegen die andere geschlossene Tür ein Stück weiter zu unternehmen.

Zuerst warf sie einen Blick in den Spiegel, um sicherzugehen, dass sie angemessen aussah – das Haar ordentlich, eine Miene, die überzeugend die Sorge um das Wohlergehen eines anderen Menschen zum Ausdruck brachte –, dann ging sie zu Glorias Tür und klopfte laut.

»Mutter?«, rief sie. »Ich weiß, dass du dich nicht wohlfühlst, aber willst du nicht rauskommen und dich zu uns setzen? Du fehlst uns allen.«

Das war im Wesentlichen das, was sie hatte sagen wollen, nur dass die Worte »Du fehlst uns allen« ihr wie von selbst über die Lippen gekommen waren, und während sie auf eine Reaktion wartete, machte sie sich auf den üblen Geruch von faulen Tomaten oder alter, ranziger Mayonnaise gefasst.

Doch die Luft im Zimmer war überraschend frisch – die offenen Fenster hatten Tag und Nacht für Durchzug gesorgt –, und auch Glorias Erscheinungsbild war eine Überraschung: Sie trug ein sauberes, modisches Sommerkleid, und abgesehen von ihrem trotzig angehobenen Kinn, das zeigen sollte, dass sie sich für nichts zu entschuldigen habe, hätte man ihren Gesichtsausdruck unbeschwert nennen können. Doch reden würde sie offenbar erst, wenn Rachel noch ein bisschen weiterplauderte.

»Ich hab das Baby gerade hingelegt«, sagte Rachel, »aber heute Nachmittag wirst du es zu Gesicht bekommen. Mal sehen, ob du nicht auch der Meinung bist, dass der Kleine sich in dieser kurzen Zeit völlig verändert hat.

Wenn das so weitergeht, werden wir nie eine Vorstellung davon bekommen, wie er mal aussehen wird.«

»Anfangs ist das immer so«, sagte Gloria. »Du und Phil, ihr habt euch auch völlig verändert.« Ihre Stimme war so heiser, wie es nach zweiwöchigem Schweigen und Hunderten von Zigaretten zu erwarten war, doch es klang so etwas wie Wiedergutmachung durch: Sie schien jetzt weder zu dem Groll und der Boshaftigkeit ihres »Feigling«-Geschreis noch zu einer anderen Tirade mehr fähig zu sein.

»Kann ich dir was zu essen machen, Mutter?«, fragte Rachel. »Oder sonst irgendwas?«

Als Phil an diesem Tag ausgeschlafen hatte und nach unten kam, saßen die beiden zusammen im Wohnzimmer, wo sie über das Baby tuschelten und kicherten, und er brauchte kein Zeichen von seiner Schwester, um zu wissen, dass er am besten so tat, als sei nichts passiert.

Jetzt warteten alle auf Evan. Seine Heimkehr war nötig, um ihren neu gefundenen Seelenfrieden zu festigen; und sie schätzten sich glücklich, als er bei seinem Eintreffen bester Laune war.

»Gloria«, sagte er. »Schön, dich zu sehen.«

Doch als Phil Evans Lächeln beim Anblick seiner Schwiegermutter sah, hatte er das Gefühl, dass es den schlichten jungen Arbeiter erkennen ließ, der stets auf seinen Vorteil bedacht war.

»Es ging ja ziemlich auf und ab bei uns in diesem Sommer«, sagte Gloria, als die Drinks gebracht wurden, »aber *ich* denke, dass wir hier alle glücklich sein können, oder?«

KAPITEL 14

Frank Brogan wurde in der ersten Septemberwoche zum Militär eingezogen. An seinem letzten Tag in der Fabrik gab er Evan Shepard einen neuen Schlüsselbund für die Wohnung in Jackson Heights und sagte: »Gib mir noch zwei Tage, okay? Und wenn du bereit bist, kannst du dann deine Sachen herbringen und hast freie Hand.«

Die Worte »wenn du bereit bist« waren an der Vereinbarung das Einzige, was Evan unangenehm berührte, als er an jenem Nachmittag nach Hause fuhr – wie konnte man wissen, wann man für etwas bereit war? –, und er hielt es für eine gute Idee, bei seinem Vater vorbeizuschauen und die Angelegenheit mit ihm durchzusprechen.

»Nein, Evan«, sagte Charles, als sie sich am Küchentisch gegenübersaßen. »Ich halte das für keinen klugen Schritt. Gloria wird es übel aufnehmen, und ich muss sagen, das kann ich verstehen. Ihr windet euch aus eurer Abmachung mit ihr heraus; ihr überlasst sie hier ihrem Schicksal, und Geld hat sie wahrscheinlich auch keins; ihr lasst sie auf eine Art und Weise im Stich, die euch auch ein ganz normaler Mensch übel nehmen würde – und sie ist nicht normal, das müsst ihr bedenken. Wenn du sie an diesem Tag im Krankenhaus erlebt hättest, würdest du das nie wieder anzweifeln.«

»Oh, das hab ich auch nie angezweifelt, Dad. Aber schau mal: Das war Rachels Idee. Ich ziehe bloß mit, weil ich glaube, dass sie recht hat. Der Versuch, ohne jegliche Privatsphäre zu leben, war von Anfang an ein dummer Fehler. Dem wollen wir beide ein Ende machen, je früher, desto besser. So einfach ist das.«

Von dem Dampf, der von einem Topf kochender Karotten aufstieg, war Charles' Brille beschlagen. Er nahm sie ab, wischte die Gläser sorgfältig mit einer Papierserviette sauber, und wie so oft in den letzten Jahren stellte Evan wieder mal fest, dass jegliche Entschlossenheit aus dem Gesicht des alten Mannes verschwand, wenn man ihn ohne Brille sah. In so einem Gesicht war nichts, wovor man sich fürchten musste; und so gut wie kein »Charakter«.

»Evan, du machst sowieso, was du willst, wie immer. Ich kann bloß zusehen und abwarten und dir Glück wünschen – auch wenn ich gern größeres Vertrauen in dein Urteil hätte. In die Prinzipien, die deinem Urteil zugrunde liegen, will ich damit sagen.«

Als Charles die Brille wieder aufsetzte, war er wieder er selbst. »Aber egal was du davon hältst«, sagte er, »eins kann ich dir sagen: Unter den gegebenen Umständen würde ich einer kranken Frau nicht so wehtun. Ich würde es nicht einmal in Erwägung ziehen.«

»Nein, das würdest du wohl nicht tun«, sagte Evan. »Aber du wärst wahrscheinlich gar nicht erst mit ihr zusammengezogen, stimmt's? Deshalb ist es nicht dein Problem, oder? Sondern Rachels und meins.«

»Ist das mein Sohn da drüben?«, rief Grace aus dem anderen Zimmer. »Denn ich will dir was sagen, junger Mann. Mich interessiert weder, wie wichtig eure Besprechung ist oder wie viel Geld davon abhängt, noch sonst irgendwas. Ich will, dass du sofort herkommst und deine Mutter umarmst.«

»Ich finde, das ist der traurigste Abend des ganzen Sommers«, sagte Gloria, »weil Philly uns morgen verlassen muss. Aber mach dir nichts draus, mein Schatz. Wir werden alle traurig sein, und du wirst uns schrecklich fehlen, doch du sollst wissen, wie stolz wir sind, dass du dich in Irving so wacker schlägst.«

Ihren drei Zuhörern, die lächelnd im Wohnzimmer saßen, war klar, dass ihr Bekenntnis, traurig zu sein, nur eine Floskel war. Seit sie von ihrem Versteckspiel erlöst worden war, ging sie ihre alltägliche Arbeit so freudig an, dass der Klang ihrer Stimme eine neue Leichtigkeit und Kraft angenommen hatte.

Phil ballte die Fäuste, streckte die Arme weit aus, als wäre er schläfrig, und sagte, er sei froh, bei Costello's fertig zu sein. Endlich könne er wieder abends ins Bett gehen und zur selben Zeit aufwachen wie alle anderen.

»Oh, auch für uns ist es ein schöner Abend«, sagte Rachel und machte den Kreis der Glücklichen komplett. »Evan muss morgen erst spät zur Arbeit, weil die Fabrik vormittags wegen Inventur geschlossen ist. Das ist wie ein kurzer Urlaub.«

»Wunderbar«, sagte Gloria. »Möchte jemand noch etwas Kaffee?«

Erst als sie allein in ihrem eigenen Zimmer waren und sich bettfertig machten, hatte Evan die Gelegenheit, seiner Frau von Jackson Heights zu erzählen.

»Oh«, sagte sie. »Ich meine, das ist eine gute Nachricht, wir haben darauf gewartet und so; ich wünschte bloß, es müsste nicht ...«

»Müsste nicht was?«

»Ich wünschte, es müsste nicht gerade jetzt sein, das ist alles. Irgendwie würde ich's ihr nur ungern beibringen.«

»Brauchst du nicht, Liebes: Das übernehme ich ganz allein. Am besten morgen Abend, meinst du nicht auch? Wenn dein Bruder weg ist?«

Rachel sagte, das sei wohl am besten. Sie saß in einem frischen blauen Nachthemd auf der Bettkante, inzwischen wieder sehr schlank und zum ersten Mal seit Monaten auf ihre »zerbrechliche« Art ausgesprochen attraktiv. Kurz war er versucht, sie an sich zu reißen, doch das hätte vielleicht ihre köstlichen Pläne durchkreuzt.

»Mensch, ist doch seltsam, dass mir was Gutes so ein schlechtes Gewissen macht«, sagte sie.

»Morgen früh fühlst du dich wieder besser«, versicherte er ihr. »Ich glaube, dass du dich morgen früh in ganz vielem besser fühlst, nachdem wir ... du weißt schon ... nachdem wir selbst eine kleine Inventur gemacht haben.«

Sie hatten sorgfältig Kalender geführt. Den Angaben des Arztes zufolge würde morgen der erste Tag sein, an dem sie wieder normal Sex haben konnten. Und wenn ihm die Liebe am Nachmittag schon immer besser gefallen hatte als die in der Nacht, dann gab es keine Worte, um zu beschreiben, wie phänomenal sie am späten Morgen sein konnte.

Beim Frühstück konnten die jungen Shepards sich kaum verkneifen, einander lange, bedeutsame Blicke zuzuwerfen, und Phil Drake sah, dass sie sich unterm Tisch an den Händen hielten.

Nach Glorias üblichem Signal, dass sie entlassen waren – »Dann räume ich jetzt mal die schmutzigen Teller ab« –, standen sie alle auf. Die jungen Shepards blieben so lange, dass sie sich von Phil verabschieden und ihm viel Glück für die Schule wünschen konnten; dann schienen sie in ihrem Verlangen, allein zu sein, geradezu nach oben zu tänzeln.

Phil ließ eine angemessene Zeit verstreichen – fünf oder zehn Minuten –, bevor er in sein eigenes Zimmer hinaufging und methodisch seinen Koffer packte. Und als er damit fertig war, wusste er, ohne Zweifel oder Beklommenheit, was er als Nächstes tun würde. Sein Plan und dessen Ausführung waren fast ein und dasselbe: den Flur entlanggehen, den Koffer geräuschlos auf den Boden stellen, mit dem Zeigefinger die getupfte Gardine vor der Glasscheibe zur Seite schieben und ins Zimmer schauen.

O Gott, es war das Schönste und Schrecklichste, was er je gesehen hatte; es war der Ursprung der Welt; und seine Scham kam so unverzüglich, dass er den

Stoff nach nur ein, zwei Sekunden wieder zurückgleiten ließ.

Evan erstarrte jäh in ihren Armen und sagte: »Guck mal!«

»Was ist denn los?«

»Jemand hat draußen gerade das Dings losgelassen. Die Türgardine. Ich hab gesehen, wie sie sich bewegt hat.«

Er war kurz davor gewesen zu kommen, gestärkt durch das Wissen, dass er sie befriedigt hatte, doch jetzt war es hoffnungslos. Er konnte bloß noch aus ihr herausgleiten und schwer atmend auf der Seite liegen, auf seinen Rippen, und als er wieder sprechen konnte, sagte er: »Dann ist dein Brüderchen wohl ein Spanner, was?«

»Evan, ich kann nicht glauben, dass du das wirklich gesehen hast«, sagte sie; »wahrscheinlich hast du es dir bloß eingebildet.« Doch auch sie atmete schwer und musste ein paar Augenblicke warten, bis ihre Stimme wiederkam. »Jeder weiß, dass man sich leicht was einbildet und dann glaubt, es wäre wirklich passiert.« Sie verschnaufte wieder. »Und außerdem würde Phil so was einfach nie …«

»Wollen wir wetten?«, sagte er. »Wetten, dass er den ganzen Sommer über da draußen gestanden hat? Dass er heimlich reingeguckt und an sich rumgespielt hat?«

»Das hör ich mir nicht an. So was Abscheuliches will ich nicht mehr …«

»Wer hat denn gesagt, dass du's dir anhören sollst? Wer hat das denn gesagt?«

Plötzlich sprang er aus dem Bett und zog sich, durchs Zimmer taumelnd, voll Wut und überschüssiger Energie beim Zuknöpfen, Gürtelumschnallen und Reißverschlussschließen, seine Fabrikkleidung an.

»Ich weiß, was ich gesehen hab«, sagte er, »und das werde ich nicht vergessen.«

An die letzten Augenblicke seiner Abreise aus Cold Spring Harbor würde Phil Drake sich später nur schemenhaft erinnern. Er wusste, dass er seinen Koffer schnell nach unten geschleppt haben musste, weil in der Einfahrt schon das Taxi gehupt hatte; er wusste, dass er noch kurz in der Küche vorbeigeschaut haben musste, um sich ein letztes Mal rührselig von seiner Mutter umarmen zu lassen; doch dann saß er schon im Zug, und das ganze elende Kaff lag weit hinter ihm.

»Na, die dürften doch ... brauchbar sein«, sagte Curtis Drake am frühen Nachmittag jenes Tages.

»Oh, bestimmt«, sagte Phil. »Die sind gut. Und vielen Dank, Dad.«

»Schon in Ordnung.«

Sie standen im blau-weißen Neonlicht einer von mehreren Midtown-Filialen einer Herrenausstatterkette, die oft marktschreierische Werbung im Radio machte. Curtis hatte seinen Sohn mühelos davon überzeugt, dass es besser war, in so einem Laden zwei neue Anzüge zu kaufen, als fast genauso viel Geld für ein neues Tweedjackett auszugeben – besonders weil das alte Jackett mit den Lederflicken an den Ellbogen wieder annehmbar aussah.

Die beiden Anzüge, braun und blau, machten Phil leichte Sorgen, denn er befürchtete, sie könnten für die Irving School nicht das Richtige sein; dennoch sahen sie in den flinken Händen des Verkäufers wertvoll aus, als er sie geschickt zusammenfaltete und nacheinander in das Seidenpapier zweier koffergroßer Pappkartons bettete, die mit einer sauberen gelben Schnur zusammengebunden wurden.

Manche der Angestellten hier mochten Banausen sein, träge und unhöflich bei ihrer Arbeit, Leute, die kein Geheimnis daraus machten, dass sie wünschten, ihr Geld auf eine bessere Art verdienen zu können, doch dieser Mann verstand sein Geschäft. Ziel des Verkaufs war nicht, dass die Registrierkasse den Gesamtbetrag anzeigte und das Geld den Besitzer wechselte; es war der Stil und die Raffinesse bei der Durchführung, derentwegen die Kunden wiederkamen, so etwas war von Bedeutung, wenn das eigene Bankkonto weiter gut gefüllt sein sollte – wenn man mit seiner Freundin weitere Wochenenden in den Catskills verbringen wollte, bevor das Militär einen dranbekam. Das i-Tüpfelchen der Darbietung war reiner Schnörkel: Man griff unter den Tresen und zog wie aus dem Nichts eine schmale, zehn Zentimeter lange Holzrolle hervor, aus deren beiden Enden kleine Drahtstücke hervorschauten. Diese bog man so zurecht, dass sie den Abstand zwischen den Schnüren überbrückten; schließlich hakte man erst das eine und dann das andere Ende ein: Schon hatte man einen hübschen kleinen Tragegriff, und die ganze verdammte Transaktion war erledigt.

»Bitte sehr, junger Mann«, sagte er, »ich glaube, von diesen Anzügen wirst du lange was haben. Nein, Moment…« Er neigte den Kopf zur Seite, um Phil mit prüfendem Blick anzusehen. »In Anbetracht deines Alters und deiner Statur bist du wahrscheinlich schon rausgewachsen, ehe du richtig was davon hattest; hab ich nicht recht? Wie alt bist du, vierzehn?«

»Sechzehn.«

»Oh; tut mir leid. Aber jünger aussehen ist besser als älter, oder? Ich zum Beispiel bin sechsundzwanzig, und die meisten schätzen mich auf über dreißig – das könnte irgendwann ein Problem werden, hab ich nicht recht?« Dann wandte er sein verblassendes Lächeln Curtis zu. »Vielen Dank noch mal, Sir. Bin Ihnen sehr verbunden.«

Kaum waren sie wieder draußen im strahlenden Sonnenschein und dem Lärm der Straße, da sagte Curtis: »Macht doch nichts, Phil, dass ein Ladenverkäufer dein Alter falsch eingeschätzt hat. Du hast bald deine volle Größe erreicht und wirst auch noch kräftiger. Das sollte deine kleinste Sorge sein. So. Wollen wir uns auf den Weg zur Grand Central machen?«

Was Phil an der Men's Bar im Biltmore am besten gefiel, war, abgesehen von ihrem Namen, dass in den kurzen, gewinnträchtigen Zeiten reisender Prep-School-Jungen das Alter der Gäste keine Rolle zu spielen schien. Schon bald stand an einem der kleinen Tische an der Wand ein kühles, gezapftes Bier vor ihm, und seinem Vater hatte man einen doppelten Scotch mit Eis und Wasser zubereitet. Manches schien sich nie zu ändern: Nach ein paar Schlucken Whiskey wich die Blässe und Müdigkeit in Curtis Drakes Gesicht stets einem rosigen, gesunden Teint, und beim zweiten Glas war ein leichtes Funkeln in seinen Augen, das seltene, unverhoffte Weihnachtsmorgen vor vielen Jahren in Erinnerung rief.

»Was ist denn los, Phil? Du grübelst aber nicht mehr über diesen kleinen Verkäufer aus dem Kleidergeschäft nach, oder? Mit so was willst du dich doch nicht rumquälen. Eigentlich hatte ich gehofft, wir hätten heute mehr Zeit, um ausgiebig über dein Erwachsenwerden zu reden. Ich weiß, dass du im Moment nicht über die Schule und das Militär hinausplanen kannst – solange Krieg herrscht, ist das auch in Ordnung –, aber ich frage mich, ob du schon so weit bist, in ein paar anderen Angelegenheiten Verantwortung zu übernehmen. Damit will ich sagen, Phil, dass deine Mutter ein sehr labiler Mensch ist.«

»Oh. Das weiß ich.«

»Sie ist ausgesprochen unsicher und kindisch; sie ist schon immer auf andere angewiesen, um überleben zu können.«

»All das weiß ich doch, Dad; das brauchst du mir nicht zu …«

»Na schön. Aber es geht darum, dass in der Vergangenheit ich diese Bürde getragen habe, und jetzt versuche ich an die Zukunft zu denken. Deine Schwester kann die Verantwortung nicht übernehmen, denn sie hat eine eigene Familie, also denke ich, du musst es tun. Oh, damit will ich nicht sagen, dass es dich unbedingt ... du weißt schon ... dass es dich im Mo*ment* groß interessieren muss, Phil, doch du musst es im Auge behalten. In Ordnung? Sind wir uns da einig? Kannst du mir deine Hand darauf geben?«

»Klar«, sagte Phil, und sie schüttelten sich so ernsthaft die Hand wie zwei Männer, die ein Geschäft abschließen, bei dem es um ein Vermögen geht, auch wenn Phil die Bedingungen noch nicht verstand.

»Und wenn's dich nicht stört«, sagte Curtis, »dass ich hier wie ein müder alter Mann sitzen bleibe, solltest du jetzt wohl besser abhauen. Alles andere kann warten, weißt du, aber ein Zug wartet auf niemanden.«

Phil lief los, eilte mit seinem unhandlichen Gepäck die Stufen des Biltmore hinab, durchquerte Grand Central und gelangte gerade noch rechtzeitig durch das richtige Tor, bevor es sich rasselnd schloss.

Während der schnittige, ruhige New-England-Zug aus dem Tunnel fuhr und an Reihen von tristen Mietskasernen vorbeiglitt, hatte Phil nichts zu tun, als sich fahren zu lassen.

»Hallo, Drake.«

»Wie geht's, Drake?«

Es war nicht viel, doch ein paar andere Irving-Schüler sagten Hallo, während sie auf der Suche nach fröhlicheren Mitschülern in den Waggons weiter vorn den Gang entlanggingen. Einer von ihnen blieb sogar bei ihm stehen, um zu fragen, wie sein Sommer gewesen sei, und nannte ihn »Phil«.

Doch nachdem sich am Rande Connecticuts das erste Grün gezeigt hatte, gab es keine weitere Ablenkung mehr. Philip Drake hatte heute früh ins Zimmer seiner Schwester gelugt und sie beim Beischlaf mit Evan Shepard gesehen, und seine Scham würde sich im Laufe der Zeit vielleicht nicht verringern. Er wusste, dass es möglich war, Scham wie eine Krankheit zu lindern und zu behandeln, wenn man sie vom Rest seines Lebens getrennt halten wollte, doch das hieß nicht, dass es eine Möglichkeit gab, sie zu vergessen.

»Soll ich heute Abend den Lammbraten aufwärmen, Liebes?«, fragte Gloria später an jenem Tag. »Oder würdet ihr lieber Hühnerfrikassee essen? Das wäre gar kein Problem, denn ich müsste bloß …«

»Eigentlich glaube ich nicht, dass Evan und ich heute Abend hier essen, Mutter«, sagte Rachel. »Vielleicht machst du lieber bloß was für dich, okay?«

Und bevor weitere Fragen gestellt werden konnten, flüchtete sie aus der Küche und ging nach oben. Jetzt, wo das Baby da war, war es einfach, eine Weile zu entfliehen, doch während der Zeit, in der sie auf Evans Rückkehr wartete, war das Baby nicht von Nutzen. Und an diesem speziellen Nachmittag lag in ihrem Warten eine besondere, nicht in Worte zu fassende Anspannung, die sich erst löste, als sie seine schweren Schuhe auf der Treppe hörte.

»Siehst du, was ich gemacht habe, Liebling?«, fragte sie. »Ich hab kaltes Bier für uns raufgeholt.«

»Gut.«

»Ich weiß, dass du die ganze Sache am liebsten hinter dir hättest – genau wie ich –, aber ich glaube, es wäre besser, wenn wir erst einen Augenblick reden könnten, okay?«

»Klar.« Er ließ sich in einen Sessel am Kamin sinken.

»Soll ich Feuer machen?«, fragte sie schüchtern.

»Feuer? Bei dem Wetter? Hast du den Verstand verloren?«

»Sei's drum, aber hör mal zu. Ich weiß, du musst ihr sagen, dass wir unsere Privatsphäre brauchen und so, denn das ist natürlich der wichtigste Punkt; aber egal was du sonst noch sagst, erzähl ihr nichts von der Gardine heute früh, okay? Du darfst Philly nicht verraten.«

»Ich erzähle ihr, was erzählt werden muss, Rachel.«

»In Ordnung«, sagte sie. »Aber wenn du Philly verrätst, werde ich dir das nicht …«

»Was wirst du mir dann nicht?«

»Werde ich dir das nicht verzeihen. Dafür werde ich dich immer hassen. Und das meine ich ernst, Evan.«

»Ja, ja, ja.« Er stand auf, rülpste laut, wischte sich mit der Hand den feuchten Mund ab und ging zur Tür.

Die Besprechung unten konnte nur zehn, fünfzehn Minuten gedauert haben, und sie mussten sehr leise geredet haben, denn Rachel hatte keine der beiden Stimmen gehört, während sie händeringend dagesessen und sich in ihrer Qual hin und her gewiegt hatte.

Plötzlich stand sie auf und eilte zur Tür, denn Evan kam zurück. Er sagte, es sei geregelt; alles sei erledigt; er habe ihrer Mutter gesagt, dass sie in ein paar Tagen ausziehen würden.

»Wie hat sie's aufgenommen?«

»Anscheinend ganz gut. Wenn man drüber nachdenkt, bleibt ihr auch kaum was anderes übrig.«

»Hast du ihr von … Hast du Philly verraten?«

Er kehrte ihr den Rücken zu, ging im Zimmer umher und ließ sie auf die Antwort warten.

»Ich hatte es vor«, sagte er schließlich, »und inzwischen wünschte ich, ich hätte es auch getan, aber es war nicht nötig.«

»Oh, Gott sei Dank. Gott sei's gedankt.«

Er schnauzte sie an: »Du bist ein seltsames Mädchen, Rachel, weißt du das? Ständig ›liebst du alle‹; für alles Mögliche ›dankst du Gott‹ … verdammt, sogar an dem Tag, an dem mich das Militär abgelehnt hat, hast du Gott gedankt. Ich meine, du bist ein ganz nettes Mädchen, aber du bist verweichlicht. Eine richtige Memme.«

»Das ist unfair, Evan.«

»Ja, das ist noch so ein Wort: ›unfair‹. Meinst du wirklich, dass auf der Welt immer alles ›fair‹ zugeht? Denn hör mal, Mädchen, ich hab für dich eine Neuigkeit. Fair gibt es nicht.«

»Du weißt, dass ich es nicht ausstehen kann, wenn du mich ›Mädchen‹ nennst.«

»Mädchen«, sagte er mit einer Heftigkeit, die sie beide erschreckte. »Mädchen, Mädchen, Mädchen und Kind, Kind, Kind. Warum zum Teufel lässt du mich nicht einfach in Ruhe?«

»Ich lass dich in Ruhe«, sagte sie, »wenn du aufhörst, in diesem scheußlichen, gehässigen Ton mit mir …«

Plötzlich kam er auf sie zu und schlug ihr ins Gesicht. Es war nur eine Ohrfeige, doch sie war so fest, dass ihm die Hand wehtat und ihr Kopf wegzuckte, so fest, dass sie ein paar Schritte seitwärts zurücktaumelte, bis sie vom Bett aufgehalten und herumgewirbelt wurde und darauf fiel. Sie weinte noch nicht und sah ihn auch nicht an, doch auf ihrer Wange breitete sich ein rötlicher Fleck aus, der wie die Landkarte von Texas aussah, und er wusste, dass er schnell verschwinden musste, sonst würde er sie noch mal schlagen.

Evan hatte festgestellt, dass sich seine Wut am besten beim Fahren legte – dass er dabei seine Gedanken ordnen und sich wieder beruhigen konnte. Man durfte nicht unbeherrscht sein, wenn man ein Automobil fuhr. Während man schaltete, lenkte und auf Ampeln und Tempolimits achtete, wusste man stets, dass man schon bald wieder vernünftig denken und vernünftige Pläne machen konnte.

Sein erster vernünftiger Plan an diesem Abend war, eine Telefonzelle ausfindig zu machen und dort zu sagen: »O Gott, Mary, ich muss dich sehen; unbedingt …« Doch das schob er rasch beiseite, weil schon andere, bessere Pläne entstanden. Wahrscheinlich war es kein guter Abend, um zu Mary zu fahren; es würde ohnehin andere Nächte geben, bald und oft. Besser war es, wieder nach Hause zu fahren – in ein paar Stunden, nachdem er so viel Bier in sich hineingekippt hatte, dass er benommen und ernst und schläfrig war, wenn er Rachel mit hängendem Kopf um Verzeihung bat.

Schon bald saß er unter Fremden in einer der alten Straßenkneipen, wo er während der verlorenen, tristen

Jahre, in denen er bei seinem Vater wohnte, so viel Zeit mit anderen Fabrikarbeitern vergeudet hatte. Er verspürte ein starkes Verlangen nach Whiskey, doch er hütete sich, ihm nachzugeben: In solchen Situationen brauchte man Bier, und hatte man nach jedem Glas das Gefühl, dass es noch nicht reichte, so gab es noch mehr.

»O mein Gott«, murmelte er ein paarmal. »O mein Gott, ich hab meine Frau geschlagen.« Jedes Mal wenn er das sagte, blickte er sich rasch um, um sich zu vergewissern, dass niemand etwas mitbekommen hatte; dann widmete er sich wieder dankbar dem Bier. Solange er wusste, dass er allein und unbeobachtet war und sein Wagen wie ein besorgter, fürsorglicher Gefährte direkt vor der Tür wartete, konnte er diese reuevollen Stunden geduldig ertragen. Und wenn er benommen und ernst und schläfrig genug war, würde ihn der Wagen nach Hause bringen.

Irgendwann nach Kriegsende, wenn es wieder jede Menge Benzin gab, würde er im Sommer bis zur Westküste fahren – er würde sich Zeit lassen und keine Sehenswürdigkeit auslassen. Das schien eine gute, überzeugende, befreiende Idee zu sein, doch seine Vorstellungskraft konnte nicht besonders viel damit anfangen, ehe er die bierselige Frage geklärt hatte, wer ihn dabei in seinem Wagen begleiten würde. Rachel und das Baby? Mary und Kathleen?

Und als er im Handumdrehen seine Entscheidung traf, fühlte er sich stark und frei. Angenommen, dass sie ihn haben wollten – und was sprach schon dagegen? –, würden es Mary und Kathleen sein.

Wenn man wusste, was man wollte, machte einen das stets stark und frei – das wusste jeder –, und Evan Shepard wusste es jetzt im Innersten. Während er seinem Ebenbild im Barspiegel ernüchtert zunickte, konnte er es sich leisten, einzugestehen, dass es nicht leicht werden würde. Auf dieser Fahrt durch Amerika würde es kummervolle, wirre Begleiterscheinungen geben – beharrliche Gedanken an Rachel und das Baby würden ihn vielleicht auf Schritt und Tritt quälen und ihm sogar manchmal das Gefühl geben, als wollten sie ihn von der Straße drängen –, doch er wusste, dass sie irgendwann zu Vergangenheit werden mussten. Sie hatten ihm Vorfahrt zu gewähren.

Rachel war ziemlich sicher, dass er vor dem Morgen nach Hause kommen würde, doch bis dahin galt es, die Nacht zu überstehen. Sie lag nur zeitweise weinend da, als sei das ein Luxus, den sie sich noch nicht leisten konnte, und in einem der stillen Momente zwischen den Weinkrämpfen hörte sie einen alten, trägen, erschöpften Menschen nach oben kommen. Während sie lauschte, wie ihre Mutter den Flur entlangging und die Tür hinter sich schloss, wusste sie, dass sie bald zu ihr gehen und sie trösten musste. Sie musste sagen, dass es ihr leidtue, wie sich die Dinge entwickelt hätten, und das würde ihr nicht schwerfallen – in tränenreichen Entschuldigungen und Liebesbeteuerungen hatten die Drakes stets ihre eigene Form der Erneuerung gefunden –, doch es musste noch eine Weile warten, weil das Baby aufgewacht war.

Als sie den Kleinen sauber gemacht und gepudert und seine Windel gewechselt hatte, nahm sie ihn mit ins Bett, um ihn zu stillen. Während sein kleiner Mund an ihrer Brust nuckelte und noch bevor es ihr richtig klar wurde, sprach sie plötzlich mit ihm, als sei er schon alt genug, sie zu verstehen.

»Ach, du kleines Wunderwerk«, sagte sie. »Oh, du bist ein Wunderwerk, das kannst du mir glauben. Du bist ein Wunder. Denn weißt du, was aus dir wird? Aus dir wird ein Mann.«